チャールズ・オールソン

わが名はイシュメイル

島田太郎　訳

開文社出版

おお、チチよ、チチよ
姿を隠してしまった
おお、見つめるマナコよ、
チチよ、見給え
汝の子を！
（チャールズ・オールソン）

目次

序章　第一の事実

第一の事実

ハーマン・メルヴィルは一八一九年八月一日にニューヨーク市で生まれた。同月一二日に、装備を十分にととのえ二年半分の食糧を積み込んだ二三八トンの捕鯨船エセックス号が、ナンタケットから太平洋に向けて出帆した。船長はジョージ・ポーラード・ジュニア、航海士はオウェン・チェイスとマシュー・ジョイ。二〇人の乗組みのうち六名は黒人であった。

出航後一年三箇月、一八二〇年一一月二〇日、太陽ののどかに照る穏やかな日のことであった。西経一一九度、赤道のわずかばかり南の海域で、この船は体長八五フィートほどの雄の抹香鯨に二度も頭をぶつけられ、船首に穴があき、浸水し沈没した。

二〇人の乗組みは、三艘の短艇に分乗して、二千マイルはなれた南米の岸を目指した。彼らの食糧はと言えば、パン（一艘につき二〇〇ポンド・約九〇キロ。二六〇斤）、水（六五ガロン。約二五〇リットル）、数匹のガラパゴス島の海亀だけだった。彼らはその時タヒチ島からあまり遠くないところにいたのだが、島民の性質をよく知らなかったので、食人の習慣を恐れたのである。

最初の大きな苦しみは一週間ほどたったときに訪れた。食糧を長続きさせようとして、海水にひたったパンを食べたのが間違いであった。すぐに襲ってきたのどの渇きをいやそうと、海亀を殺しその血を啜った。見るだけで胸がむかつく光景だったが。一二月の前半には、彼らの唇はひびわれ、ふくれあがりはじめた。唾液はねばねばして、口にたまり、どうにも我慢できないものになった。

体力も消耗しはじめ、ごくわずか体を動かすのにも、おたがいに助け合わなければならなかった。ボートの底に藤壺がついたのを引きはがして食べた。二、三尾のトビウオが帆にあたってボートの中に落ちたのも、生でむさぼり喰った。大洋を漂うこと一箇月、やっと小さな島影を見つけて喜んだ。彼らはそれをデュシー島だと考えたが、実はエリザベス島であった。潮流と嵐のために針路から千マイルもはずれてしまっていたのである。湿気のある岩壁を斧でたたき割って水を得ようとむなしい努力を重ねたあげくに、やっと水を見つけた。潮が引いたとき、水際ぎりぎりのところに小さな泉を発見したのである。干潮のときにしか飲めなかった。ふだんはその泉は、海面下六フィートのところにあった。

こんな島に二〇人もの男が生きていくわけにはいかない。船からもってきた食糧が尽きないうちに南米大陸にたどりつきたいと、一か八かの思いで一七人が一二月二七日ふたたび海に乗りだした。

島に残ったのは三人。イギリスのプリマス出身のトマス・チャプル、アメリカのマサチューセッツ州バーンスタブル生まれのウィリアム・ライトとセス・ウィークスであった。

彼らは岩壁にある洞窟で雨露をしのいだ。洞窟の一つには、まるで枕を並べて横たわっているような八躰の骸骨が見つかった。

三人にとって食物と言えば、椋鳥の一種だけであった。巣にいるところをとらえて、その血を啜った。その肉と、わずかばかりの卵のほかに、胡椒草のような味のする植物を岩の裂け目に見つけて、その根をかんだ。彼らは生きのびた。

一七人の男が分乗した三艘のボートは、太陽の照りつける中をいっしょに進んでいったが、一等航海士オウェン・チェイスの指揮するボートは、一月一二日の夜間にほかの二艘からはぐれてしまった。

その時までにすでに、一七人のうち、二等航海士マシュー・ジョイが死亡していた。遺体は一月一〇日に水葬にした。しかし同じボートに乗っていた黒人チャールズ・ショーターが一月二三日に死んだときには、彼の屍体を二艘の乗組みの者が分け合って食べた。二日後には黒人ローソン・トマスが死んだ。これも食べた。さらに二日後には黒人アイザック・シェパードが死んだ。この男の屍体も喰った。屍体はどれも、ボートの安定をとるために底荷《バラスト》として船底においてある砂の上で火をたいて炙り、乾燥させておいた。

二日たった二九日の夜、マシュー・ジョイが生前は指揮していたボートも、船長のボートとはなればなれになってしまった。オウベッド・ヘンドリックス、ジョウゼフ・ウェスト、黒人のウィリアム・ボンドという三人の生存者を乗せたまま、このボートの消息は知られなくなってしまったのである。

今やただ一艘になってしまった船長のボートでは、四人の男が航海を続けていた。五人目の男、黒人のサミュエル・リードは前日死亡し、生き残った者が体力をつけるために喰ってしまった。それから三日とたたぬうちに、残った四人は、これから乗りきらねばならない距離のことを考えて、二本のくじを作った。一本は、だれが犠牲になって死ぬかを決めるため、もう一本はだれがその犠牲者を殺すかを決めるためであった。一本目のくじは、最年少のオウェン・コフィンにあたった。家代々の船乗り稼業を学ぶために、給仕としてはじめて船に乗った少年である。彼を射殺する役はナンタケット出身のチャールズ・ラムズデイルにあたった。彼は義務を果たした。そして彼と船長、ナンタケット出身のブラジラ・レイの三人がその肉を喰った。

これは一八二一年二月一日のできごとである。一一日にはレイが衰弱死した。その屍体も食用となった。二月二三日、船長とラムズデイルとはナンタケットの捕鯨船ドーフィン号（船長ジムライ・コフィン）に救助された。

一等運転士オウェン・チェイスの指揮するボートの連中は、一番後までがんばり続けた。彼らがほかの二艘からはぐれたときには、飢えと渇きのために極端な手段に訴えるという必要はまだなかったのである。このボートで最初の死者、黒人のリチャード・ピーターソンを葬ったのは一月二〇日のことであった。

二月八日、アイザック・コウルがひきつけのために死んだときに――つまりほかのボートよりも約二週間後になって、乗組みの二人、ベンジャミン・ロレンスとトマス・ニカスンに、人肉を食べようという提案をせざるをえない羽目になった。彼らが人肉を食べたのはこのときだけであった。彼らはまず屍体から四肢を切りはなし、肉をそいだ。次に胸を切り開いて心臓をとり出し、できるだけきちんと傷を縫合してから、水葬にした。

心臓は血を啜ってから喰った。肉は二三片食べた後は、細く切って日干しにした。いくらかの肉は翌日も食べられるようにと、船長もしたようなやり方で、火で炙っておいた。

翌朝になると、日の当たるところに吊しておいた肉はいたみ、緑色に変色していた。そこでもう一度火をおこして、かんぜんに腐敗してしまわぬようにと、それも炙った。五日間というもの、パンの残りには手をつけず、その肉だけで食いつないだ。

肉を細く切って海水で味をつけて食べたおかげで、一四日にはボートをオールで動かそうと試みられるまでに体力を回復した。

一五日には肉を食いつくした。残ったのはたった二枚の船用の堅パンだけとなった。この二日間に手足がむくみ、ひどく痛み出した。しかもまだ三百マイルは航海せねばならないと彼らは考えていた。

一七日になって、雲の様子から判断すると陸は近いとチェイスは考えはじめた。けれども翌朝一七歳のニカスンは、船のあか汲みを終えると横になり、帆布を顔の上にかけ、今すぐ死んでしまいたいと言ったりした。一九日の朝七時。七マイルほどむこうを行く白帆にロレンスが気づいた。そして三人はロンドンの二本マストの帆船《ブリッグ》インディアン号（ウィリアム・クロゥジャ船長）に救われた。


島で生き残った三人の男のその後は知られていない。しかし船長とともに航海し生き抜いたナンタケット出身の四人の男は、いずれも船長にまで出世した。彼らはみな長生きした。ニカスンは七七歳、当時一九歳だったラムズデイルは七五歳、二四歳だったチェイスは七三歳、そして三〇歳だったロレンスは八〇歳まで生きた。当時三一歳だったポラード船長も、一八七〇年まで生き、八一歳でこの世を去った。

ポラード船長は、ナンタケットに帰ると、兄弟号という捕鯨船の船長になったが、出航後五箇月たったときサンドイッチ諸島（今日のハワイ諸島）の西で岩礁のため難破した。船はまったく使い物にならなくなった。彼は二度と航海に出なくなった。二度目の難破の時に彼は言った。「もう、これで俺はだめだ。二度と俺に捕鯨船を任せてくれる奴はでないだろう。みんなが俺のことを、ついていないと言うだろうからな。」彼はナンタケットの夜警になり、家々、人々を闇の中でまもりながら一生を終えた。

　オウェン・チェイスはぎゃくにいつも運がよかった。一八三二年にはナンタケットのブラント岬で、彼のためにチャールズ・キャロル号が建造された。彼は二度航海にでて、そのたびに船を二六〇〇バレル(一)の鯨油で一杯にして帰航した。晩年は屋根裏部屋に食料品を隠すのが習慣になっていた。

第一部

わが名はイシュメイル

わが名はイシュメイル

私は、フォルサム洞窟人（一）以来今日にいたるまでアメリカに生まれた人間にとっての中心的事実は**空間《スペース》**だと思う。私は今大きな活字を用いた。ここでは空間は大きなものだからである。大きくて苛烈なものなのである。空間とは、根本のところでは地勢のことである。始原から存在するべらぼうに広大な大陸のことである。それがアメリカ最初の物語、パークマン（三）の探検の原動力になっている。

たんなる大地の広がりとはまったく異なったもの。両端は海。しかし海もコロンブスの時代以後の休むことを知らぬ西欧人をおさえる障壁とはなりえなかった。それがメルヴィルの物語（少なくともその一部）を生み出したのだ。

それに加えて、われわれがいまだに永続させている苛烈なもの。インディアンの戦斧《トマホーク》に似た太陽。地震はさしたることがないが、トルネードやハリケーン。大陸の中央には南北に動脈として流れるミシシッピー川。

アメリカを支えるものは広い平面である。その半ばは大洋、半ばは平原。天空には鋼鉄の地平線におとらず金属的で無情な太陽。そして球面を四角に切り分けようとする人間の仕事。

そのような空間を乗りまわる者がいる。テントの支柱のように一箇所に定住して生き残ろうとする者もいる。私のみるところでは、ポーは定住しメルヴィルは乗りまわった。この二つしか選ぶ道はないのだ。

アメリカ人はいまだに、自分たちは民主主義者だと思いこんでいる。だが彼らの勝利は機械の勝利である。機械、牛車からピストン、筋肉からジェット・エンジンにいたるいっさいの機械こそは、平均的な人間の知っている唯一の空間支配の手段なのである。それが軌道を決定するのだ。

メルヴィルの考えでは、個人として、また国民としてのわれわれアメリカ人の胸の奥底にひそんでいるものは、自由になりたいという意志ではなくて、自然を圧倒したいという意志であった。エイハブは決して民主主義者ではない。彼の敵モウビ・ディックは、自然力、自然資源の唯一の王なのである。

一八五〇年のとある時、捕鯨業について、そしてアメリカ人がそれまでに完成したもっともすばらしい機械の一つ――捕鯨船――を指揮する男の運命について書こうと思いたったメルヴィルという男に、私は興味をおぼえる。

このエイハブという名の船長は、空間を知っていた。七つの海にわたって空間を旅したのだった。彼は有能な船長だった。私が育った漁村の人々の言葉をかりれば、「いつも大漁をする人《ハイライナー》」であった。大漁。彼は鯨油でいっぱいになった樽を船倉につめこんで帰国するのだった。つまり一九世紀中葉までのアメリカや西欧社会を照らす光源をもち帰ったのだ。

このエイハブが錯乱した。彼の注意の対象は、とてつもなく大きな、白いものであった。彼はスペシャリストになってしまった。全空間を、モウビ・ディックと呼ばれる鯨の形に集約してしまったのだった。そしてコロンブスが大洋と、ラサール（四）が大陸と、ドナーの一行が冬の峠と戦ったのと同じように、エイハブもその鯨を攻撃した。

私はメルヴィルという男に心惹かれる。太平洋のことを、わが国の地勢に含まれているもの、大平原がその対立物としてすでに暗示しているものとしてとらえるだけの予見の明があったメルヴィルに。

人類の始まりは海であった。個々の人間の生の展開の過程でたえず新しくされていく、あの太古から伝わる事実の悠久の響き、それだけがメルヴィルにとってたいせつなものであった。大海《おおわだつみ》。

彼はおのれのうちにこの伝統をもっていた。彼の頭脳、言葉、血潮の鼓動の奥深くに。ポーが街をわがものとしていたのとどうように、彼も自分の海をもっていた。それも力強い狂熱的なやりかたで。そのおかげでシェイクスピアにならって書くことができたのだ。ノアやモーセと同時代に生きることもできたのだ(五)。

メルヴィルの想像力が正常に鼓動するときには、歴史は祭祀となり、くりかえすものとなった。

それは西欧人の感覚よりももっと古い感覚であり、文化よりもむしろ魔術と深い関係にあるものだった。魔術とはすべて神の信仰とは正反対のまがまがしいものである。

というのも、魔術の目的はただ一つ、人間なり非人間的な力を、おのれの意志のままに動かすということだからである。エイハブどうようアメリカ的なもの、ただ一つの目的、つまり自然を支配すること。

私はメルヴィルが人間、鯨、大洋にたいしていだいていたイメージの世界を自在に乗りまわり、彼自身にも判読できなかったように見える予言を彼の中に見いだしたいと思う。百年という歳月のおかげで(六)、われわれは彼よりも有利な立場にいるのだから。と言うのも、メルヴィルは、自分の身にあまる巨人であったのだから。ちょうどエイハブの憎悪が彼自身よりもずっと強大であったのとおなじように。メルヴィルは思索の海深く潜る人間だった。機会を利用するすべを知っていた。

この男はいっさいをめちゃめちゃにした。キリストと一体化した。肉体の交わりのない結婚をしたのだ。一人の息子には肺結核で死なれた。もう一人の息子はピストルで自死した(七)。彼は一度だけ自分の空間を乗りまわった。その結果が『白鯨』である。彼は理性を失わずにはいられなかった。そうしなければ存在しないにもひとしかったのだ。彼はアメリカ人らしく足早に進まねばならなかった。さもなければ遅鈍な男に、なかば馬、なかばアリゲーターの辺境人にすぎなかった（八）。

メルヴィルは手ひどくうちのめされた。それもとうぜんだったのだ。彼は独創的《オリジナル》な原始人《アボリジナル》だったのだから。創始者であった。そんな風にして夢想者がアメリカを発見するのだ。コロンブスが、ラサールがアメリカを得た。それから彼らは有能な人間の手にゆずった。ダニエル・ブーン（九）は、アメリカの大地を愛した。ハロッドは、ケンタッキー州のはるか西方、自分以外白人はまだだれも訪れたことはあるまいと考えていた土地でブーンに会ったときの思い出を語っている。どこからとも判らぬ物音を聞きつけ大きな玉石のかげに忍びよってみると、牧草のはえた開拓地でブーンがただ一人歌っていたというのである。ブーンはミシシッピー川の西で死んだ。彼自身が開拓した地で犯罪者、「おたずね者」とされ、土地を失い意気阻喪した人間として死んだ。

創始者であると同時に始原に心惹かれていたメルヴィルは、ついには「時」を「空間」に変えるところまで歴史を押しもどすすべを知っていた。彼はアジアへともどっていく放浪者に、失われた故国を探し求めるインカに似ていた。

われわれは最後の「原初の者」である。われわれはそのことを忘れている。度を過ぎたふるまいをし、自分の土地にたいして、そして自分自身にたいして不当なことをしている。出発した地点を見失っている。

　メルヴィルはわれわれを発見するために、未来へと進むために、過去にさかのぼった。そして『白鯨』にたどり着いた。

　オルテガ・イ・ガセー（一〇）も述べている。相手に致命傷を負わせる前にまずとびすさる闘牛士どうよう、古代人もなにかをしようとする前には一歩さがったものだ。

　ホイットマンは、アメリカの生活の諸相を記録し、意識的に民衆と同化しようとしたものだから、それだけ詩人らしく見える。しかしメルヴィルは意志をもっていた。母国にも、社会にも、自我の中にも、彼は安住の地をもつことができなかった。

　論理学と分類学のせいで、文明は空間から引きはなされ、人間に近づいてしまった。メルヴィルは人間の本質を探り、発見するために、空間におもむいた。

　古代人も同じことをした。フェノロサ（一一）も述べているが、詩・言語・神話にたいする関心、この三つは同時に成長したのである。エジプト人のホラスは、文学の神であるとともに月の神でもあり、**白い猿**がホラス神の化身であった。

ゼウス、オデュッソイス、オリンパスの代わりに、われわれはこれまでシーザー、ファウスト、シティ（ロンドン旧市街、商業・金融業の中心地）をもっていた。振り子は集団としての人間から、個々人としての人間へとゆれた。神話がファッシズムのせいで堕落したにもかかわらず、振り子は端までいった後で振れもどった。メルヴィルはその運動をはじめた一人であった。

彼は事物の始原、最初の日、最初の人間、未知の大陸、ベテルギュウス星、埋もれた大陸にもどろうとはげしい努力をした。守勢をとらざるをえない境遇から、彼の想像力は銛を投げたのであった。

彼は原初を求めた。われわれとどうようの寒さを感じてはいたが、ノアの洪水以後最初にたかれたたき火で体を暖めた。おかげで彼は、すべてのイシュメイル（一一）のような人間のために、アメリカの失われた過去と未発見の現在とを見つけ、『白鯨』という神話を創りだす力をえた。

事物はメルヴィルの手から逃れ去った。われわれの手からも逃れ去る。われわれは**エイハブ**を、**白い鯨**を創るが、失ってしまう。ハンマーを手にした黒人労働者ジョン・ヘンリ（二三）にも逃げられた。

　　彼は槌おき、逝きにけり。

　ホイットマンのことを最大の詩人だと呼びならわしてきたのは、彼が希望を与えてくれたからである。メルヴィルは、より真摯な人間である。アメリカ国民の罪と不正とを引きうけてはげしく生きた。しかし彼は最初の夢を忘れはしなかった。『白鯨』は『草の葉』よりも的確な作品である。それこそアメリカ、その空間、悪意、根源のすべてなのだから。

作品を下で支えるもの

アメリカの来るべき文学的天才はシェイクスピアのような「劇作家」だろうという人々の予測を、一八五〇年にメルヴィルが揶揄したとき、彼は『白鯨』への道を準備したのであった。彼の主張は次のようなものである。

> 偉大な天才とは時代の一部である。いや、彼自身が時代そのものなのであり、時代に応じた色を帯びている。(「ホーソーンとその『苔』」)

メルヴィルが彼の時代を『白鯨』の中に書きこんだとき、彼はそれを彼の図式の中で確たる位置をしめるようなものにまで高めたのであった。

例一　[乗組み員]　一つの国民。クロゥツ(一四)やトム・ペインの徒。あらゆる肌の色の人種がいっしょに働いている。まだ社会では実現されていない夢だが、前甲板（一五）での現実。

例二［捕鯨業に関するメルヴィルの仕事］次のようなあらゆる力を考慮に入れながら、その調和をはかるという問題。つまり（一）**捕鯨船の所有者**ビルダドとピーレグ（チャリティ伯母さんも利害関係をもっている）。（二）苛酷な**支配者**エイハブ。（三）**従者**。そして**工業技術**、捕鯨用ボート、油煮釜、四年間の航海を可能にする甲板の下の貯蔵品。

われわれは鯨の追跡がアメリカ経済にはたした役割を忘れている。それは各種の獣脂や油の欠乏からはじまった。インディアンは牛をもっていなかった。植民者たちも十分にはもっていなかった。豚や山羊についても事情はおなじであった。インディアンも白人も代用品を使わざるをえなかった。そのために渡り鳩や大杓鴫《だいしゃくしぎ》の、多くの鳥の虐殺が行なわれた。バッファローの虐殺も行なわれた。

インディアンは昔から岸に来る鯨を捕っていたようである。ワシントン州フラタリ岬ふきんにいたマコー族は、今日ではノルウェイの捕鯨者だけが用いている方法を知っていた。海豹《あざらし》の皮に空気をいれてふくらませたものをシー・アンカーとして使い、傷つけた鯨が逃走しないようにしたり、死んだ鯨が水より重い場合に沈んでしまわないようにしたりしたのである。（一六）

インディアンは、捕鯨産業が終焉を告げるまで、熟練者の役割をはたし、ほとんど酬いられることのない道具となっていた。メルヴィルが、捕鯨船を滅びてしまったインディアンの部族の名にちなんでピークオッド号と名づけ、ゲイ岬インディアンのタシュテゴを三人の銛打ちの中の一人に選んだのもゆえのないことではなかったのだ。

燃焼。すべての鯨からは鯨油がとれる。鯨油の大部分は正真の獣脂《ファット》、脂肪酸のグリセリドである。インディアンと違い、植民者たちにとっては、それはとても食べられたものではなかった。彼らは獣脂をとるために脂肪の層を煮つめた。ふつう鯨油と称されているこの油のほかに、抹香鯨とばんどう海豚とからは、鯨蝋と呼ばれている固体の蝋と、抹香鯨油と呼ばれている液状の蝋とがとれる。鯨蝋は鯨の頭部の空洞（『白鯨』七八「水槽とバケツ」参照）と鯨骨の中に含まれている。

間抜けな経済史学者たちは南北戦争にいたるまでのアメリカ人の経済生活における捕鯨産業の重要性をはかることができないでいる。（一八五九年ペンシルヴェニアで石油が発見された。灯用の石油、燃料用石油、パラフィン油が灯油、滑剤、蝋燭の原料として、急速に鯨油、抹香油、鯨蝋にとって代わりはじめた。）工業ではなくて農業が労働の基盤であり、国内通商ではなく外国貿易が商業の基盤であった時期に、捕鯨業は発展したのである。事実を二、三。

一八三三年までに、ニュー・ベッドフォードのような捕鯨基地において捕鯨とそれに付随した職業、例えば造船、製帆工場、十字銛（一七）を作る鍛冶、不正をはたらく艤装業者、その手先、娼婦などに投入された金額は七千万ドル、関係していた人間は七万人であった。

一八八四年までに（捕鯨業の最盛期はおよそ一八四〇年から六〇年にかけてである）上の数字は一億二千万ドルにまで上昇した。捕鯨は織物とか製靴などの上り坂の産業に劣らず多くの資本を集め、鯨から作った製品の輸出量は――漁獲量の四分の一にのぼるのだが——肉製品と木材につぐものであった。

必然的な分離　中国貿易と快速船とが海の貿易国アメリカを作り上げていたが、それは農業国アメリカとおなじく、土地と投機と硬金属工業の前に屈したという考え。中国貿易は、経済的に言えば、分配行為であり、独立戦争の結果イギリスが西インド諸島をわが国のラム酒貿易商人にたいして鎖した後に出現したものである。独立戦争前夜、英本国の厳しい規制に反発した密輸業者がすぐに訴えた手段でもあった。

捕鯨は植民地時代のはじまりころからの産業であり、資本と機能において後のアメリカの先触れをなすものであった。快速船や中国貿易よりもむしろニューヨークのスタンダード・オイルと縁があるものなのだ。

はやくも一六八八年に、ニューヨークのある二本マストの帆船《ブリッグ》からエドマンド・アンドロス総督（一八）にあてて、「バハーマ諸島ならびにフロリダ岬にて、抹香鯨と難破船の漂流物をとる目的で」出帆する許可を求めた記録がボストンに残っている。

これは捕鯨にとっては新しいことであった。**革新的**、いかにもアメリカ的なことだった。**はじめてのこと**だった。中世フランス人やスペインのバスク人いらいずっと、獲物とするのは北洋の鯨、つまりごんどう鯨、せみ鯨、グリーンランド鯨などであった。ところがヤンキーたちは、抹香鯨こそ最良の油がとれるし、一番もうけが大きいことを発見したのだ。

彼らは抹香鯨を追って、あらゆる海をめぐった。百年後の今日アメリカ海軍が証明しようと懸命になっていること、つまり太平洋がアメリカの湖であるという事態をまねく上で主役を演じたのは、捕鯨業だったのである。

一つの事実　現在では捕鯨船の航海日誌が、口うるさい水夫たちに島々の発見者という資格を与えている。つまり国旗を立てる代わりというわけだ。

開拓者としての捕鯨船については『白鯨』二四章「弁護」を参照のこと。

二四章にはまた、捕鯨産業の価値についての数字を次のように記している。私の前記の数字と比較されたい。

わがアメリカ捕鯨業者の数は世界中の捕鯨業者の数を束にしたよりも多い。一萬八千人が乗り組む七百隻以上の大船団を擁し、毎年四百万ドル以上を消費し、船は出航の時に二千万ドル以上の価値があり、毎年七百万ドルというみごとな収穫をアメリカの港にもち帰る。

この圧倒的な数字につけ加えれば、一八四六年の世界全国の捕鯨船九〇〇隻のうちで、七三五隻がアメリカのものであった。

こういったことを列記したのは、すべて修正のためである。冷たくなった料理を読者の食膳にのせるつもりはない。関心がおありのむきには、捕鯨史の本が何冊もある。

挿入二点　メルヴィルは第一の点は知らなかった。第二の方は作品のどこかで指摘しているかも知れない。なにしろ彼の視野は広大だったから。捕鯨についての彼の知識に加えて

商船について（『レッドバーン』参照）

海軍について（『白ジャケツ』参照）

太平洋上の様々な輸送船や（『オムー』『マーディ』など）スペインの輸送船について。（なにをおいても「ベニート・セレーノ」と「魔の群島《エンカンターダズ》」を読むこと。『白鯨』につぐ傑作である。）

〔挿入一〕

〔一七六二年〕　植民地はまだきわめてイギリス的で、おたがいにあまり連絡もなく、なにをするにもロンドンを意識した行動をとっていた。

〔ロード・アイランド〕　鯨蝋から蝋燭をつくる製造人たちが、定価をひき上げるために集まり、盟約をした。そして言うまでもないことだが、高い値をつけ続けた。アメリカ最初の**トラスト**である。

〔名称〕　鯨油蝋燭製造人組合

〔意義〕「町や田舎の小市民がきょくどに地方的な視野をもち愛国的であったのと対照的に、資本家の心の中では、植民地アメリカの地域区分がいかに払拭されていたかを示していた。（一九）」

私はメルヴィルが強調しなかった［産業］としての捕鯨という側面を強調しているのだ。その栄光については、ここであらためて述べずとも、『白鯨』一巻がその栄光となっている。われわれは、まだまだわが國の諸産業にたいして知識を欠いている。驚異の目をみはっているだけだ。大切なのは、それらの産業が存在を暗黙のうちに示しているエネルギーである。国民の心の中の動因である。生産品は合格だ。少なくともその一部は。しかし産業の上に立っている者は、とるに足りない。話をこの問題にかぎるとして、独立戦争を例にとりあげてみよう。それは「資本家たち」以外のだれの革命だったのだろうか。マサチューセッツ州レキシントンで独立戦争最初の銃声がひびいてから二週間後にブリーヅ・ヒルの激戦（二〇）があった。「庶民」にとってはジェファソンが独立宣言を起草することによってもう一度機会があたえられるまでは、それだけでいっさいがかたづいてしまっていた。

　捕鯨がアメリカのほかの産業と少しでも異なったものだなどと考えてはならない。最初にたずさわった先導者、開拓者たちはまた、**労働者**でもあった。金と栄光とは、あとから搾取者たちとともにやってきた。そして労働の中心となる者は下降していき、世の習いとして低賃金労働者になった。先導者が去った後は労働者が残るものだ。

多くのアメリカの産業とおなじように、捕鯨も集団による共同体事業としてはじまった。サグ港やナンタケット[二一]についてのどんな歴史書でも読んでみるがいい。一八五〇年になっても、乗組みの者全員の親を自分がよく知っていた時代があったことを記憶している船長もまだいた。だが捕鯨は、メルヴィルがその漁獲配当をうけとるために乗り組んだとき（一八四一―四三年）には、すでに労働者を搾取する産業となっていた。

産業の要諦は――今も昔も次の二つにつきる。

労働者の能力以下に労賃をひき下げること。一八四〇年代および五〇年代には乗組み一人あたりの一日の食費は一五セントから三〇セントだった。

最低賃金と苛酷な労働条件とを維持し、未熟練労働者を前記の低いコストで使用すること。――『タイピー』と『オムー』の冒頭の部分を参照のこと。

結果　一八四〇年代には乗組みの者は全国、全人種の中の敗残者たちであった。一万八千人の中で（メルヴィルの上記の書参照[二二]）半数は未熟練労働者という格づけだったし、三分の二以上の者が航海ごとに船から逃亡した。

第二の銛《もり》打ちクウィークウェグのような南海の土人もおおぜいいたので、ナンタケットの一部は、ニューギニアという名で知られるようになったくらいである。ポルトガル領のアゾレス諸島などの出身者もひじょうに多く、ニュー・ベッドフォードの一部は諸島の一つの名前にちなんでファヤールと呼ばれていた。メルヴィルの第三の銛打ちは威風堂々たるアフリカ黒人アハシュエロス・ダグーである。

作品の中で美化された敗残の連中の姿について**参照すべきは**、『白鯨』の「夜半の前甲板」と題された群舞を思わせる章である。

ここに、ハーマン・メルヴィルの筆になるが出版されていないアメリカ史の資料とも呼ぶべきものを挿入することにする。『白鯨』と同じ頃に書かれた文で、次のような前書きがつけられている。

「捕鯨船アクシュニット号の乗組みのその後。同船で（四年以上の航海の末）帰国し、一八五〇年ピッツフィールドに訪ねてきたハバードの話によると」


［ピーズ船長］——引退してマサチューセッツ州マーサス・ヴィニヤードで生活。

［一等航海士レイモンド］——船長と衝突しペイタ（二三）で下船。

［二等航海士ホール］は帰国してカリフォルニアに行った。

［三等航海士ポルチュギーズ］はペイタで下船。

［ボートの操舵手］でポルトガル人のブラウンはマーケサス諸島の一つロポで脱走したのか、あるいは殺されたか。

［スミス］はペルー海岸サンタで下船後、アラバマ州モビールで自死。

［ボートの操舵手］バーニーは帰国。

［船大工］は、梅毒のため半死半生になりマウイーで下船。

［平水夫］
［トム・ジョンソン］黒人。大工と同じ理由でマウイーで下船。病院で死亡。
［リード］白人と黒人の混血。帰国。

［鍛治屋］——サンフランシスコで脱走。
［バックス］——黒人少年。同上。
［ビル・グリーン］　逃亡をさまざまに試みたがけっきょく帰国。
［アイルランド人］コロンビアの海岸サランゴで脱走。
［ライト］はマーケサス諸島で半死の状態で下船。
［ジョン・アダムズとポルトガル人ジョー］帰国。
［老コック］も帰国。
［ヘイズ］はシドニーの船に乗って逃亡。
［リットル・ジャック］——帰国。
［グラント］——青年——吐血し半死の状態でオアフにて下船。
［マリ］喧嘩沙汰をさけて、リオ・ジャネイロ（ママ）で下船。
［桶屋］——帰国。

メルヴィル自身にも当てはまることなのである。彼は一八四二年にマーケサス諸島で、はじめて乗った捕鯨船アクシュニット号から脱走した。次に乗ったシドニーの捕鯨船ルーシー・アン号の乗組みがタヒチ島で反乱を起こしたときには、一一人いたメンバーの一人だった。第三の捕鯨船チャールズ・アンド・ヘンリ号で彼がどういう行動をとったのかは、判っていない。判っているのは、その船での生活後、ホノルルに姿を現したと言うことだけである。

こういうわけだから、いったいなぜメルヴィルがわれわれの心を『白鯨』に釘づけにしたのかを知りたければ、捕鯨のことを考えねばならない。**辺境**と**産業**としての捕鯨である。物産にたいする需要があれば、それを捕る人間がいた。大資本企業。太平洋は労働搾取工場であった。人間は、自然の生み出した最大、最凶悪の生き物にたちむかわされた。捕鯨船は工場、捕鯨ボートは精密機械。一八四〇年代、新たな西部としての海が確たる位置を占めるにいたった。メルヴィルは荒くれた雑多な乗組みの二〇番目の男であった。彼らは必要欠くべからざるものなのであろうか？

巨大動物かだと？　メルヴィルは、鯨族最大のもの、今日おもに捕獲されている白長須鯨のことは、見たことがなかったかも知れない。これは一一歳で成年に達したときは体長一〇〇フィート、二〇〜二五歳まで生き、体重一五〇トンにおよぶ。つまり有史以前最大の恐竜の推定体重の四倍、象なら三七頭、肥えた雄牛なら一五〇頭の体重である。

鯨には鯨鬚《げいしゅ》鯨と歯《は》鯨の二種類がある。メルヴィルは歯鯨中最大のもの、抹香鯨で満足していた。

鯨には肺がある。呼吸するために約三〇分ごとに海面に出てくる。ただ一つの大敵、捕鯨者の攻撃を受けるのは、この事実による。


メルヴィルは、こうしたことをすべて『白鯨』の表面にはっきりと書いているとはかぎらない。辺境という面は書かれている。辺境出身者の重量級チャンピオンとしてのアンドルー・ジャクソン大統領のことも出てくる。（民主主義についての華麗きわまりない賛辞を読みたければ「騎士と従者　一」の終わりを読むこと）。産業の技術も分析され詳しく描写されている。しかし経済学は見あたらない。ジェファソンと第二代大統領ジョン・アダムズとによると、彼らの若いころには「政治」のことを考えたことのある者などはほとんどいなかったし、「政治」について書く者もめったにいなかった。たしかに『白鯨』が完成にちかづいているころ、マルクスは「ニューヨー

ク・デイリー・トリビューン」紙に寄稿していた。しかしメルヴィルは・・・

必須の生態学　白長須鯨は、その鬚で海水を濾過し**クリル**を食べる。クリルとは浮遊する緑色の珪藻《けいそう》植物を食物とする小蝦に似た生物である。この珪藻類は夏期に浮氷のふきんで増殖する。

［色彩］　クリルは北極および南極の氷に接した場所で産卵する。孵化すると潮流にのり、赤道の方へ漂っていく。ひじょうに多いので海水を紅色に染めるくらいである。

抹香鯨は、甲烏賊《こういか》、とくに触腕《しょくわん》が三三フィート、その他の脚も二一フィートにたっする**大王烏賊**を好んで捕食する。『白鯨』**五九章**「**大烏賊**」を参照せよ。大烏賊は大海老や小魚を食料としている。この烏賊をとらえるために鯨は数百尋《ひろ》(一一四)の深さまでもぐる。格闘の結果は鯨の口のまわりの皮に傷や吸盤のあとを残す。

・・・この生態学などを、重要なことを、［経験］を、作品を下で支えることどもをえたのだった。そしてまた、先に記したようなさまざまな力の解決をはかりうるだけの力をもつ。

［挿入二］

引用

アメリカの捕鯨時代は――バスク、フランス、オランダ、イギリスとはちがい――独自の発展をとげ、異種の鯨の捕獲に力をそそぎ北極海をふくむすべての海にわたり従前のいかなる國、ないしは数カ国のグループよりも大きな収穫をあげたのであった。

引用終わり

利用

一八四一年一～六月

「フェアヘイヴンの船アクシュニット号に乗って太平洋の漁場にむかっていたときに、前甲板での雑談のなかには、ときどきエセックス号の話題もでた。はじめてあの船の歴史、驚くべき運命について知ったのは、その時のことであった。

あのとき興味をひとしお強くかき立てられたのは、イギリス人でロンドン子の二等航海士ホール氏がオウェン・チェイス（とうじナンタケットの捕鯨船チャールズ・キャロル号の船長）と三年にわたる航海を二度もともにしたことがあったからである。ホール氏はいつでもチェイスのことを口にするときには、多大の関心と心からの尊敬とをしめしていたが、ほかの者以上にエセックス号やチェイスについて知っている様子ではなかった。

一二月

西暦一八四一年の後半のいつだったろうか、このアクシュニット号に乗っているときに、ナンタケットのチャールズ・キャロル号と交歓した。オウェン・チェイスが船長だったので、彼を見ることができた。大柄のたくましい、よく均整のとれた男で、背は高い方だった。どう見ても四〇代半ばをいくぶん過ぎているという年かっこうで、アメリカ人にしては整った顔には、正直さと空威張りではない穏やかでほんとうの勇気とがあらわれていた。全体の印象から好感をうけた。いままでに会った捕鯨者の中でいちばん魅力的な人だ。

平水夫だったので、彼と話をする機会はなかった。（彼は二時間もわれわれの船にいたのだが。）それ以来彼とは会っていない。

一一月

もっと前に書いておかなければならなかったのだが、チェイスの船に会う前に、別のナンタケットの船に会い、往訪《ギャム》した。（二五）その時前甲板で一六歳かそこいらの立派な若者と知り合いになった。なんとオウェン・チェイスの息子だった。父親の冒険についていろいろとたずねた。翌朝別れを告げたときに（というのも、アクシュニット号はこの船と二、三日間並んで航海する予定になっていたのだから）彼は衣服箱から物語の完全な本を一冊（今こうして書込みをしているこの本と同じ版だ）手わたしてくれた。これが目にした最初の印刷物であり、この手元にある本をのぞけば唯一の（きちんとした、信頼のできる）チェイスの物語の本である。

島影の見えぬ海上、しかも難破のおこった緯度のごく近くでこの驚くべき物語を読んだことからひじょうな影響をうけた。」

右に転写した文は「オウェン・チェイスについて知れること」という見出しをつけ

てメルヴィル自身の所有していた本に書きこまれているものである。その本の長い題名は

太平洋上で巨大な抹香鯨の攻撃をうけ、ついに沈められたナンタケットの捕鯨船エセックス号のまことに異常かつ悲惨な物語。同船の一等航海士、ナンタケットのオウェン・チェイス著。ロンドン。一八二一年。

一八五一年

メルヴィルの書きこみは一八五一年春のものらしい。とすると『白鯨』を書き始めてからすでに一年たち、完成に近づいていたころ。モウビ・ディックによるピークオッド号の難破という、エセックス号の運命に似た三日続きの大団円で物語をしめくくろうとしていたころということになる。

四月

巻頭見返しにはメルヴィルの手で次のような書きこみがある。

「ハーマン・メルヴィル。ショウ判事より。一八五一年四月。」

メルヴィルの岳父で裁判長のショウは、一箇月ほど前にナンタケットのトマス・メイシーからその本を入手したのであった。*一

［傍証］

エセックス号のこの事件は（ばかげた改竄《かいざん》を加えられたものが）この一五〜二〇年間に出た多くの海洋冒険譚集にのせられている。イギリス人ベネットも彼の正確な著作『地球一周捕鯨航海記』の中で、ひろく認められた事実として引用している。船乗りだけでなく、陸上の人間も（ショウ判事など）ナンタケットを知っている人は、ポラード船長その人に会ったこともあるし、不幸にあって以後の彼のナンタケットにおける境遇のこともよく知っているのだから、事件は少しも疑う余地はないと確言した。

［本の著者］

オウェン自身が物語を書いたと推測できる根拠はなにもない。彼の代わりにだれかが筆を執ったということがはっきりと分かる。しかしそれと同時に、全体のようすから見て明らかに、オウェンの口述に注意深く忠実にしたがって書かれたものである。オウェン自身が書いたと言ってもよいくらいである。

［もう一つの冒険譚］

ポラード船長も、事件について彼なりの物語を書いたとか、彼の名前で書いてもらったとか聞いたことがある。その本からの抜粋だと称するものを見たこともある。しかし本自体にはお目にかかったことがない。オウェン・チェイスこそ事件を語るのに最適の人だと思いたい。

メルヴィル所蔵の本では最後の六ページが欠落している。そこで彼は書きこみの中に、［後日譚］と見出しをつけて、船長のボートの「かわいそうな連中」がどうなったかということと、エリザベス島に残った三人の男の運命について彼が知りえたことをつけ加えている。彼はポラードの指揮する船が、次の航海ではサンドイッチ諸島

（今日のハワイ諸島）沖の岩礁に乗りあげたことを記録し、「アクシュニット号の二等航海士ホールから聞いた」ことを明らかにしている。さらに言葉を続けて次のように書く。

ポラードは、思いあたるところあって、二度目の難破から帰国した後は、陸上の人になろうと決心したように思える。いらいずっとナンタケット島に住んでいる。ホールの話では、肉屋になったそうだ。彼はまだ生きていると思う。

ここで彼は概評を下している。

エセックス号のみじめな男たちの苦難は、もし彼らが難破船を棄てたときにまっすぐタヒチに向かっていたとしたら、さほど遠くなかったのだし、風も貿易風の追い風があったのだから、十中八九まではいっさい避けることができたかも知れないのだ。ところが彼らは食人種を恐れた。そしてきみょうなことに、もう二〇年以上も前からイギリスの宣教師がタヒチに住んでおり、難破の年——

一八二〇年――には、タヒチに寄航するということはまったく安全だということを知らなかったのだ。そこで南米海岸の文明的な港にたどり着くために、風に逆らって数千マイルもの距離を（しかもどうしても遠回りになってしまうところを）航海することを選んだったのだ。

メルヴィルは続けて［さらにオウェン・チェイスに関して］という文を書いている。

ポラード船長を執拗に追いかけ、次の航海でも彼を完全に難破させた不幸な運命の手は、多少遅れはしたものの、気の毒なオウェンにもおなじようにつきまとった。

というのは、まだアクシュニット号に乗っていたときだが、ある捕鯨船と通信を交わしたときに、こういうことを聞いた。チャールズ・キャロル号の船長――つまりオウェン・チェイスのことだ――が、その頃故国からの便りで妻の不貞を知ったとのこと。彼女は数人の子供の母親であり、その中の一人は父の物語を読むようにとくれたあの一六歳の若者である。噂ではこの報せはチェイスに手ひどい打撃を与え、彼は深い憂鬱に沈んでいるとのこと。

見出しのついていない最後の書きこみは、次のように読める。

おそらく一八五二年(二六)七月の書きこみ。

以上のことを書いた後で――一八五〇～五三年頃のある時――ナンタケット島でポラード船長に会い、二、三言葉を交わした。島人たちには、なんのへんてつもない人間に見えるらしいが、これまで会った中でいちばん強い印象を受けた男だった。少しもたかぶったところのない、むしろ控えめな位の人柄なのだが。

そしてポラードについての、先の肉屋云々という言葉を書いたページの余白に、鉛筆で「夜警」とつけ加えている。

第二部

シェイクスピア

シェイクスピアの劇のなかでどれが最上のものでしょう?
つまり、海がいちばん好もしく思えるのは、どんな気分、どんな作品を
伴侶にしたときでしょうかということです。

キーツ（一七）　ジェイン・レノルヅ宛の手紙　一八一七年九月一四日

『白鯨』の発見

『白鯨』は一八五〇年二月から一八五一年八月にかけて書かれた実質的には二冊の本の複合体である。

最初の本にはエイハブが登場しない。

おそらくモウビ・ディックも、ごくちっぽけな役割でしか現れないものと思われる。

一八五〇年八月七日にエヴァート・ダイキンク(二八)が弟に宛てて次のような手紙を書いている。

メルヴィルは新作をほとんど完成したよ。捕鯨についてのロマンティックで奇抜な、非常に正確でおもしろい描写——とても斬新なものだ。

前作『白ジャケツ』の原稿を英国の出版社に売りに行き一八五〇年二月に帰国したメルヴィルが、捕鯨の話を書こうと考えたのは驚くにあたらない。彼の海上体験の中で、捕鯨だけは扱ったことがなかったからだ。

南海の島々での冒険は、『タイピー』（一八四六）と『オムー』（一八四七）で使った。さらに一歩を進めて『マーディ』（一八四七—四八に執筆）では、架空の島々を舞台にして人生観のアウトラインをえがくために巨大な群島を創造した。一八四九年と五〇年に出版した二冊の本『レッドバーン』と『白ジャケツ』は、それぞれ商船と軍艦に乗り組んだ時の経験にもとづいたものである。アクシュニット号での捕鯨航海はまだ使っていなかった。

二月に彼が執筆をはじめるときに、主題を決定していたという証拠はない。むしろその逆である。メルヴィルの読書は、彼の生涯のどの時点においても、彼をはかる尺度になる。彼はスカルド（二九）であった。ほかの人間が書いたことを盗用するすべを知っていた。書くために読んだ。エドワード・ダールバーグ（三〇）は言っている。高貴な生まれの者の窃盗は、独創性だ、盗みをかのうなかぎり人目につかぬようにする泥棒オートリカス(三一)の仕事だと。ほかの作家の著書を肥やしにしてメルヴィルは作品を書く。しかし彼が英国に旅行している間に買った多くの本の中に捕鯨に関するものはない。ところが帰国するとまもなく、『タイピー』を出版したパトナムズ社が、メルヴィルのためにロンドンで英人トマス・ビールの『抹香鯨の博物誌』（一八三九）を買っている。メルヴィルは真剣に小説の執筆にとりかかった。二つの小説『レッドバーン』と『白ジャケツ』――岳父に宛てた手紙で「金のために書いたやっつけ仕事です。薪をのこぎりで切らねばならない人がいるのとどうように、やむをえず書いているだけです(三二)」と嘆いている作品――の時と同様にである。養わねばならぬ家族がいたからだ。

五月までには作品はなかば完成した。そのことをメルヴィルは先輩の海洋作家リチャード・ヘンリ・デイナ（一八一五―八二）に一日付けの手紙で報告している。これがダイキンク宛の手紙をのぞけば、現存する唯一の『白鯨』第一号についての情報である。しかしメルヴィルはこの本を書きあぐねていた。「捕鯨航海」という呼び名でこの本にふれて、彼は次のように書いている。

奇妙な本になるのではないかと思います。ブラバー(三三)はしょせんブラバーですからね。鯨油はとれるかも知れませんが、凍りついたメイプルの木から樹液がとれないのとおなじように、詩は流れ出ません。そして、ぜんたいをうまく仕上げるのには少し空想を交えなければならないのですが、なにしろ題材が題材ですから、鯨が跳ねまわるのとおなじようにぶざまなものになるにちがいありません。それでも私は真実のことを書くつもりです。

以上が現在判明している『白鯨』第一号についての記録である。一八五〇年夏になぜメルヴィルが作品の構想を変えたのか、なぜ八月七日には「ほとんど完成」していたものが、さらに一年かけて一八五一年八月になってようやく今日われわれが『白鯨』としているものとなったのかは分からない。

「ドルが仇です。(三四)」メルヴィルは独創的な人間が味あわねばならない苦い体験、金と自我との葛藤に苦しんでいたのだ。この苦しみは一八五〇年春には彼に重くのしかかっていた。デイナ宛の『白鯨』にふれた手紙の中で、岳父に書いた手紙の『レッドバーン』と『白ジャケツ』についての言葉をくり返し、「この二冊の本はひたすら

〈金儲け〉のためだけに書いたのです、やっつけ仕事、薪を挽く人足の仕事です」とさえ言っている。

彼は自分の想像力を自由にはたらかせた場合は、どんな代償を支払わねばならないかを知っていたのだ。一度『マーディ』では書きたいように書いた。『マーディ』の後の二作『レッドバーン』と『白ジャケツ』のときは「書きたいと願っている本を書くことをがまん」(三五)しなければならなかったのだが、どうように、こんどの捕鯨に関する新作でも自分を抑えなければならないと考えていた。

にもかかわらず、真実を伝えたいと願った。七箇月以前に岳父にたいしたときとおなじように、デイナにたいしても昂然としていた。自分の仕事をきっちりとやってのけた。その例証。『レッドバーン』と『白ジャケツ』。「この二冊を書くときに無理に自分を抑えようとはしませんでした。少なくともこの二冊に関してはね。僕の感じていることをかなり書きこみました。」

一八五〇年の春、彼にはどう工面してもする余裕のないことがあった。「財布のことを考えずに、僕だけの問題にかぎれば、〈失敗作〉と呼ばれるような作品を書きたいというのが本心からの願いです。」

けっきょく『白鯨』で彼は望みをたっした。三箇月たたないうちに、ふたたび書きたいように書いたのだ。なぜか？　五月まではただ市場に出ればいいという調子で書きなぐり続けていた。「僕の作品はみんなつぎはぎ細工です。」[二六]　六月にはいっても彼は素材と格闘していた。「ブラバーはしょせんブラバーです。」　そのあとでなにかが起こったのだ。なにが？　メルヴィルは書いている。

> 私はなんとなく奇妙な考えにとりつかれているのだ。つまり、なにか不思議で玄妙な性質が——ある種の鉱物や植物の中に存在するのとどうよう——すべての人間の中にひそんでいる。その性質は（コリントの町が火事にあったおりに鉄と真鍮とが融けあって青銅が発見されたように）ごくまれで幸運な偶然によってこの地上に呼びだしうるかも知れないと考えているのだ。[二七]

いつ起こったのか。メルヴィル自身が語ってくれる。この文章は一八五〇年七月に、ダイキンクのやっている雑誌のために書かれた「**ヴァーモントで七月を過ごしている一ヴァージニア人によるホーソーンとその『苔』**」にでてくるものである。

この評論の主題は、ホーソーン、シェイクスピア、そしてハーマン・メルヴィルその人である。彼自身の権利と認識を語り、人間は失敗する自由をもっていると宣言したものなのだ。これが書かれてから数日の間に（七月一八日以降に）彼は捕鯨の話をあきらめてしまい、小説と自分自身とをエイハブとモウビ・ディックに賭けることにした。

「苔」は深い洞察力を示す愛すべき評論である。次に書かれる『白鯨』とおなじく、気魄《きはく》がぜんたいにみなぎっている。メルヴィルはふたたび気力をとりもどしたのだ。五月の混迷は去った。天才を、そして天才の扱う主題としてのアメリカを見いだしたという興奮のなかに『白鯨』の影がほの見える。エイハブが生まれつつあるのが感じられる。「地球のように巨大な頭脳と雄大な心情（三八）」をもったエイハブが。それほどまでにメルヴィルはホーソーンとシェイクスピアにおける頭脳と心情の区別に深い関心を抱いていたのだ。文章が飛翔するような勢いである。

ホーソーンが六月のメルヴィルの土壌に発芽するべく落とした種子は成長し始める。たとえばメルヴィルがホーソーンの自画像だとしてあげている人物、「真実を追究する人間」、荒削りで筋骨たくましく、大きくて暖かい心と巨大な知性をもっている人物(三九)、この描写にはピークオッド号に乗っているはずだが姿を見せないバルキントン(四〇)の姿が隠されている。

なによりもシェイクスピアが作品を発酵させる酵母となっている。彼について書いていること、彼をもちだすときの口調、論じるさいの細心の注意、情熱、こうしたものが、メルヴィルの心の中になにが起こったのかを物語っている。メルヴィルはシェイクスピアを読み直したのだ。彼が所有していた**戯曲集**が残っている。一八四九年二月にボストンで購入したものだ。この戯曲集についてダイキンクに次のように書いている。

> すばらしい大活字の版です。どの活字もさながら兵士のよう、ｔの横棒はマスケット銃の銃身のようです。なんというつまらぬ原因で今までシェイクスピアを読まなかったのかと思うと腹がたちます。・・・しかし今まで手に入ったのは子

雀のように弱い私の視力には耐えがたい小さくて汚らしい活字の本でした。けれどもこの豪華な版に出会ったので、一ページ一ページ誇らしい気持ちで読みます。(四一)

この戯曲集は七巻本であり、メルヴィルの手で印がつけられたり、コメントが書きこまれたりしている。重要なのは最終巻の遊び紙にある『白鯨』執筆のおおざっぱなノートである。このノートはエイハブ、ピップ、バルキントン、イシュメイル、そしてこれらの登場人物の役割りに関するメルヴィルの意図を読みとる鍵である。それは、メルヴィルが六月まで書いていた『白鯨』についてわれわれの知っていることにではなくて、この時点で彼が構想した『白鯨』にかかわるものである。

「苔」に書いてあるシェイクスピアについての考えを、戯曲集に書きこんだことを結びつけて考えると、『白鯨』の示しているものが立証されることになる。つまりメルヴィルとシェイクスピアとがコリントを建設した。そしてその焼け跡から青銅として『白鯨』が生まれたのだ。*二

アメリカのシロ(四二)

メルヴィルがはじめて戯曲集を熱狂しながら読んだときに、シェイクスピアはメシアのような人物として姿を現した。一八五〇年の「苔」では「シロ」と呼び、四九年のダイキンク宛の手紙の中では「山上の垂訓にみちあふれており、優しい、そうです、ほとんどイエスのようだ」と言っている。メルヴィルには真実を語る者、ソロモン(四三)、シェイクスピア、ホーソーン、イエスなどに神性をみとめるくせがある。

しかし次にはシェイクスピアにも限界があることを認める。一八四九年ダイキンクに宛てた二通目の手紙(四四)で、シェイクスピア批評を一歩進めたのだが、これはシェイクスピアについて彼がのちに書くもののすべての核となるものだ。シェイクスピアにたいする盲目的な崇拝を否定している。「アメリカ人」の方が有利な点があると考えたからこそ、彼はそのような発言をしたのだ。

シェイクスピアがもっと後で生まれたら、そしてブロードウェイを散歩してくれたらよかったのにと心から思います。それはアスター・ホテルに彼を訪ねて名刺をおいてきたいからとか、ダイキンク氏手製のすてきなポンチを飲みながら彼と陽気にやれるからというわけではありません。エリザベス朝にはだれでもが心にはめられていた猿ぐつわをはずして、言いたいことを言えるかもしれないと思うからです。シェイクスピアだって、ほんとうのところは完全に正直な人間だったとは言えないと思うのです。まったくのところこの偏狭な世の中では、いったいだれが正直だというのでしょう?　だれが正直でいることができるのでしょう?　でも独立宣言のおかげで今はちがいます。

一年半ほどたって書かれた「苔」論では、先の論旨を強調している。

シェイクスピアの墓の中には彼が書いたことよりもはるかに多くのものが埋まっている。私がシェイクスピアを讃えるのは、彼が書いたことのためと言うよりはむしろ、彼が書かなかったこと、書けなかったことのためなのだ。と言うのも、この虚偽の世の中では、真実は森のおびえた白鹿のように逃げざるをえないものであり、シェイクスピアやその他の真実を語る大作家の作品においても、よほど巧妙にしなければ、ひそかにかいま見るのでさえもむずかしい。

戯曲集の中で、シェイクスピアが真実を語ろうとする人間に猿ぐつわをかませているときには、メルヴィルは敏感にそこに印を付けている。『アントニーとクレオパトラ』では、アントニーに言葉を矯《た》められたときの「ほんとのことは言ってはいけないということをつい忘れていた」（二・二・一一〇）とぶっきらぼうに言うイノーバーバスの台詞の横にチェックをつけている。『リア王』では、リアが道化に腹を立てて鞭で打つぞと脅したのにたいして「真実は犬とおなじですね。外の犬小屋に行かなくちゃあならない。雌犬どうぜんの奥方が炉端で臭いにおいをお発しあそばすときにも、鞭で打たれて外へ出なけりゃならないんだ」（一・四・一二四）という道化の台詞に下線を引いている。「苔」でメルヴィルが用いている言葉そのままが道化の口から聞こえてくるのだ。

芸術家としてのメルヴィルは表現にいらいらするほど苦しんだ。『白鯨』までの作品は、具象への道であり、『白鯨』以後は具象からはなれていった。真実に劇的な表現を与えるために、自分自身と闘わねばならなかった。シェイクスピアの劇的な意義が失われてしまったというわけではない。しかしできるものならば、「苔」でホーソーンについて述べている「ゆったりと寛《くつろ》いでいる偉大な知性のもちぬしのおちついた、しかも豊かな言葉」にいっそうの満足をおぼえたかったのであろう。メルヴィルのこの欲求が、彼の内なる瑕《きず》を示している。

『白鯨』にとっては幸運だったことに、偉大なる真実とは山上の垂訓ではなかった。たしかに彼は『尺には尺を』には垂訓を見いだしているものの、彼が主として見いだしたものは

> シェイクスピアを真にシェイクスピアたらしめているのは、彼の魂の奥深くに潜むもの、深くはるかなるもの、ときおりきらめく直覚的な真理、真実の根本をすばやく探るてぎわなのである。（「苔」）

そのような真実は、「暗い」登場人物、ハムレット、タイモン、リア、イアーゴーなどが口にする。そこにこそメルヴィルが学びえたドラマがあった。というのも闇黒がメルヴィルの心をひきつけ、魅惑したからである。右のような登場人物の口を通して、シェイクスピアは

いやしくも善良な人間ならば、仮面をつけなければ、口にすることはおろか、それとなく暗示することでさえも正気の沙汰とは思えないほどに恐ろしい真実を、たくみに述べたり仄めかしたりする。(「苔」)

メルヴィルをひきつけたのはシェイクスピアのこの暗い面であった。メルヴィルのペンがまるで黒魔術(四五)の杖ででもあるかのように、狂気、非道、邪悪などを芝居の中から呼び出すのである。メルヴィルがシェイクスピアの作品の中でもっとも深遠だと思ったのは、スウィンバーン(四六)の『リア王』についてのコメントを借りれば、啓示の光明ではなくて啓示の闇黒であったのだ。彼はやがて『白鯨』の中では次のように書く

ことになる。

　この眼に見える世界のさまざまな様相は、一見したところ愛によって形成されているようにも見えるが、しかし眼に見えぬ世界は恐怖によって形成されているように思える。（四二）

男と男

この裏切りにみちた世の中にたいするメルヴィルの幻滅が、シェイクスピアの作品の中に映しだされている。ミランダが「まあ。すばらしい新しい世界だわ！」（『あらし』五・一・一三八）と叫ぶのにたいして、父親プロスペローが答える「それはお前がよく知らないからだ」という台詞を丸くかこんで、そのページの下にこう書きこんでいる。[四七]

ミランダがこう叫んだ相手の連中の性格を考えてみるがよい。それからプロスペローのおだやかな説明の言葉を。なんと恐ろしいことか！『タイモン』にだって、これに匹敵する言葉はない。

シェイクスピアは、友情がおとろえることによる幻滅をしばしば書いている。この主題には多くのヴァリエーションがあるが、メルヴィルはどれ一つとして見のがしていない。(四八)『アントニーとクレオパトラ』では、人民が支配者にたいしていかにうつり気かということについてのシーザーとアントニーの台詞。『トロイラスとクレシダ』においては英雄にたいする人民の背信に関するアキリーズとユリシーズの言葉。リチャード二世とヘンリー五世の二人が議会内の裏切り行為に言及している箇所。彼は悲劇の中からもおなじ主旨の言葉を拾いだす。『リア王』では、財布をもった親父は孝行されるが、ぼろを着た親父は愛を失うと道化が歌う場面、『ハムレット』では劇中劇の王の

富む者は友を欠くことなく
貧しき者が真心なき友を試さば
友はたちまち敵となる。（三・二・二一七―一九）

という台詞など。

友人を裏切るということは、リチャード二世にとってとどうようメルヴィにとっても呪われた人間の第二の堕落であった。(四九) シェイクスピアは『アセンズのタイモン』では、このテーマを対位法的に扱っている。この芝居では理想主義が最後にはどうなるかが、友情の問題を通じて描かれている。友人たちが彼を見捨てたとき、タイモンの愛情は憎悪に変わった。地球が太陽から一気に分離したように、タイモンの世界も――そして同時に劇自体も――むりやり二つにねじ切られる。

メルヴィルは、他のどんな暗い登場人物の悲劇よりも、タイモンの悲劇に共感していた。『リア王』にも忘恩はある。しかし『タイモン』にとくべつな強烈なインパクトを与えているのは、リアのように娘たちのせいでおちぶれたのではなくて、友人たちによるという事実である。

メルヴィルは男女の愛情というものをあまり重んじなかった。愛とは男同士の友情のことであった。だからこそ彼にとってホーソーンがあんなにも大切であったのであり、彼に宛てていちばんすばらしい手紙を何通も書き送り、『白鯨』を献呈したのだった。またそれだからこそ、メルヴィルが太平洋で働いていたときの上官、美男のジャック・チェイス(五〇)を終生忘れず、絶筆『ビリー・バッド』を彼に献《ささ》げたのだ。

メルヴィルは、男同士の友情について、ギリシャ人のような気持ちをいだいていた。ローマ人のようなと言ってもよい。シェイクスピアは『コリオレイナス』でローマ人の友情を描いているのだから。この芝居の中でメルヴィルがいちばん長いサイドラインをひいているのは、コリオレイナスとオーフィディアスとが会見して抱き合う箇所の長い台詞である。彼らは戦友意識をもった将軍である。メルヴィルは海の男の、船乗りの仲間意識をもっていた。彼は『白鯨』においてイシュメイルとクイークェグとの深い感情のつながりを描くために「結婚」という言葉を使うことになるのだが、シェイクスピアもオーフィディアスがコリオレイナスにたいして友情を語るときには、おなじ情熱的なイメージを用いている。

今日高潔な君に会った嬉しさは、
結婚の当日妻がおれの家の敷居《しきい》を
またぐのを見て
胸を躍らせたとき以上だ。（四・五・一二一―四）

タイモンとおなじように、メルヴィルが見出したのも失望だけであった。彼はジャック・チェイスを失った。きわめて内気なホーソーンは、葉陰に隠れるブドウのように、彼から隠れた。晩年の詩の中でメルヴィルはこう書いている。

彼を知り彼を愛した
長い孤独のあとで。
それから生別が。
どちらが悪かったわけでもないのに。
今は死がその封印を捺してしまった——
わが歌よ、私に安らぎを与えてくれ。せめて少しの安らぎでも——

タイモンは忠実な執事の言うとおりに、もてはやされる栄光に欺かれ、メルヴィルも注意を払っているように、「親友づきあいを夢見て(五一)」生きていたのである。メルヴィルはこの打ちのめされた人物を、彼の多くの作品を通じて、象徴として用いている。ときにはプルターク(五二)いらいの伝統に従って、厭人家《えんじんか》として、しばしば孤独なイシュメイル的人物として、そしてもっとも重要なのは『ピエール』において、幻滅した人間そのものとして、善良なるが故に身を滅ぼした男として使用しているのだ。これこそが『ピエール』の主題であり、『信用詐欺師』の教訓でもあった。

メルヴィルがこの芝居にたいしてどんな感情をいだいていたかということは、彼が下線をほどこしている一行に要約できる。それはタイモンの友人たちの偽善にたいする局外にある男のコメントである。

あれが浮き世のならいですよ。（三・二・七一）

『リア王』と『白鯨』*[三]

『白鯨』創作にさいして、深い影響を与えたのは『リア王』である。『白鯨』のいたるところに、この劇が用いられている。シェイクスピアの他のどの劇よりも陰微な形で利用されているというのは、想像力の働き方としては当然のことにすぎない。というのも、メルヴィルの想像力をもっともかきたてるものは、コーディリアの心とおなじように、なかなかおもてに出ないからである。(五二)「苔」の中でも、「恐ろしい真実だと言えるもの」をシェイクスピアがたくみにほのめかしていると証明しようとする時に、メルヴィルがもちだしたのは、リアのことだった。

絶望にさいなまれた狂乱の国王リアは、仮面を引き裂き、狂気の沙汰とも言える本質的な真理を語る。

メルヴィルの蔵書のうちで、『リア王』には、『アントニーとクレオパトラ』についで数多くのしるしがつけられている。登場人物の中では、道化とエドマンドが注意を惹いている。「真実は犬とおなじですね。外の犬小屋に行かなくちゃあならない」（一・四・一二四）という道化の叫びの中に、メルヴィルは自分の言いたいことを見出していたし、「風向き次第に、にこりとやれなきゃ、じきに風邪をひきますよ」（一・四・一一三）という台詞にも共感している。

というのは、メルヴィルは道化のことを、シェイクスピアその人と考えているからである。それも、知っている真実を仄めかすことをさし控えてしまう人間ではなくて、こうあって欲しいとメルヴィルが望む理想のシェイクスピアである。

メルヴィルは、エドマンドに恐怖をいだいた。彼は「人目を忍ぶ野性の快楽」(五四)（一・二・一一）から生まれたので、猛々しい性格であり、リアが「打砕いて平らにしてしまいたい」（三・二・七）と願うこの世界と手を組んで悪事を行なっている。この男の邪悪な性格は、一体どうして生まれたのかという疑問が、ゴネリルやイアーゴーに惹かれ、自身でも『白ジャケツ』のジャクソンや『ビリー・バッド』のクラガートのような人物を創造した作家の心を捉えたのだ。
メルヴィルを動かしたのは邪悪な性格のもつ不思議なプラスの面である。例えばエドマンドの勇気と人の愛情を惹きつける力。彼がオールバニー公に挑まれてもびくともせず、自分は裏切り者なんかではないと言い、「きっと真実と名誉を証明して見せる」（五・三・一〇）と言いはる箇所の下に、メルヴィルは次のように書きこんでいる。

忌わしい性格の者は、罪のない者にはしばしば欠けているような勇気をもっている。

死に際して、エドマンドは、リアとコーディィリアを処刑せよという自分の出した命令を取消し損なうのだが、ゴネリルとリーガンの屍体を見ると「でもエドマンドは愛されていたのだ」（五・三・二三九）とうそぶく。この箇所にメルヴィルは大きくチェックをつけている。悪が何故愛されるのかというのは、メルヴィル自身のかかえこんでいる曖昧さと同じくらい錯雑した曖昧な問題である。

グロースターが「けれども今に見ましょう、こんな娘たちには、すぐにも神々が天罰を下されるのを」と言うと、コーンウォルが「見させるものか」と短いが血も凍るような酒落を言い、彼の目をえぐりとる場面（三・七・六七）に対しては、メルヴィルは、恐怖のあまり言葉もでず、ただ「恐ろしい！」と書くだけである。リーガンがグロースターのことを「恩知らずの狐め」（三・七・二七）とののしるところでは、次のように記す。

ここにこそシェイクスピア的筆致がある。リーガンが忘恩を口にするとは！

メルヴィルがこういったことに特別な関心を抱いていたのが第一の原因であった。彼はエドマンドやリーガンのような人間に、注意を集中した。エイハブ、フェダラー、そして白い、美しい、奇怪な鯨の創造の背後には、彼らのような人間たちが生みだした『リア王』の世界があったのである。

メルヴィルは『リア王』の暗さの中に、求めていた答を見出した。旧約聖書「ヨブ記」のエリファズとおなじ種類の人間オールバニー、きちんと物事をわりきってしまい、人をたしなめる言葉によって善と悪とをはっきりと切りはなすことができると考えている男の、善良だが弱い性格のうちには答はない。オールバニーの考えでは

悪人には、賢明なこと、義《ただ》しいことも悪いものに見える。汚れた奴らは、汚れたものだけを喜ぶ。（四・二・三九）

ということなのだが、このような「心の義しさ」では曖昧さは解決がつかない。オールバニーは『白鯨』のスターバックのような人間である。

メルヴィルはむしろ、ヨブが苦しんだのと同じように苦しんだ人物、リア、エドガー、グロースターにひかれている。エドガーが父グロースターの失明を発見して胸もはり裂けるばかりの気持を味わう箇所に、彼が数多くしるしをつけていることから判断すると、この劇の本質的な象徴なのになぜもっと注目されないのか不思議に思えること――つまり眼と視力とを失うこと、肉体の器官、「けがらわしいジェリー」（五五）（三・七・八四）を失うことこそが、かえって心眼をえることになる、という事実にメ

ルヴィルは気づいていたのである。

『リア王』における磔刑とは、四肢を梁に打ちつけられることではない。眼を、あまりにプライドが強すぎてものを見ることができない眼をえぐりだされることなのだ。リア自身、嵐の場面でそれを感じているし、グロースターも「目の見えた時には、時々けつまずいた」(四・一・二一)と、盲目になった時に言う。リアの言葉というのは(五六)

ああ、貧乏で着る物もない哀れな者たちよ、
どこにいるにせよ、この情け容赦なく雨をうちつける嵐にたえながらも、
頭をいれる家もなく、腹は餓えかつえて、
着る物は穴だらけどころか窓だらけ、
どうやってこういう気候を凌いでいることか。
わしは今までこのことに不注意すぎた。栄華にふける者よ、これを薬にし、
雨風に身をさらして、貧乏人の惨めさを悟れ。
そうすれば、余分な物を振り落して人に施し、

天は人が思うよりも義《ただ》しいと示すことになるだろう。
（三・四・二八―三六）

グロースターの台詞はもっと後、四幕一場二五―二六行にある。それは、劇全体における贖罪の場面である。息子エドガーの帰りを切望して「息のあるうちにもう一度お前の体に触れることができたなら。なくした眼をとりもどしたと言おうに」と言う時、彼は自分の願いがすでにかなえられているのに気がつかないでいるのだ。エドガーが、ベドラム乞食のトムに身をやつして傍にいることが、見えないから、分からない。グロースターは、エドガーのうそを真にうけて、惨めな狂気の乞食だと思いこむ。彼もリアと同じようなことを言う。

さ、この財布をやる。お前は天の処罰を素直にうけ
あらゆる苦痛も忍んでいるから、俺が不幸になった分だけ、
お前を幸福にしてやりたい。天よ、いつもそうして下さい。
富裕で、たらふく食いあきて

天のさだめを侮り、我が身に感じないからと言って
ものを見ようとせぬ奴らには、すみやかに天の力を感じさせたまえ。
そうすれば、分配により過剰はなくなり、
誰でも満足するだろう。（四・一・六七―七四）

傍線はメルヴィルのものである。

メルヴィルの心を動かしたのは、リア、グロースター、エドガーのような善良な人間が悲惨な目にあうことであり、彼らが苦しみを通じて豊かに物を感じるようになり、以前よりも真実に近づく力をもつようになるということであった。メルヴィルはやがてエイハブをも試練にあわせ、へりくだることを学ばせる。

シェイクスピアは、メルヴィルが「背後にある無限の闇黒」と呼ぶものから、『リア王』を生みだした。その闇黒こそは、メルヴィルに親しいものだった。彼はそれを、『白鯨』の世界を直接とりまく闇黒に転用した。エイハブの悲劇を世に語り伝えるため、イシュメイルは生き残る。リアについて最後に次のように述べるためにケントが

生き残るのと同じようにだ。

亡き御魂《みたま》のお邪魔はせず、逝かせてさし上げるがよい。
この苛酷な浮世の拷問台にこれ以上長く
お掛けしようとする人を、お怨みなさるでしょう。（五・二・三三―五）

『白鯨』の草稿

『白鯨』の簡単なメモだと私が考えるものが、他ならぬシェイクスピア戯曲集の中に見出されるというのは、まったく当をえている。それは『リア王』『オセロ』『ハムレット』などをふくむ最終巻の巻末の見返しに、メルヴィルが鉛筆で書きこんだものである。それを、そのままここに転写しょう。

Ego non baptizo te in nomine Patris et
Filii et Spiritus Sancti — sed in nomine
Diaboli. — madness is undefinable —
It & right reason extremes of one,
— not the（black art）Goetic but Theurgic magic —

seeks converse with the Intelligence, Power, the Angel.

我は汝に洗礼す。父なる神と
御子と聖霊の御名に非ずして——悪魔の名
において。——狂気は定義しがたし。
それと真の理性とは一つのものの両極、
——（黒魔術）ゴエティクに非ず、シアージック魔術——
霊、力あるもの、天使との結びつきを求む。

ラテン語は、メルヴィルがホーソーンに宛てた一八五一年六月二九日付けの手紙で、『白鯨』の秘密のモットーだと言っているものを、もっと長くした形である。小説では、蛮人たちの血で焼きいれした銛に対する邪《よこしま》な祝福として、エイハブが絶叫する（一一三）。

Ego non baptizo te in nomine patris sed in nomine diaboli.

父なる神の御名に非ず、悪魔の名において汝に洗礼す。

メモの言葉から小説中の言葉への変化は非常に大切である。それは単なる言葉の節約ではない。“Filii et Spiritus Sancti”「御子と聖霊」という言葉を省いたのは、無意識のうちに想像力の働き方を映し出しているのである。必然的に、エイハブの世界には、キリストも聖霊もいない。エイハブが存在し、活動している世界は、キリストや聖霊とも、それらの意味するものとも、対立する世界なのである。彼は、ペルーの港サンタの祭壇の前でスペイン人と死物ぐるいの闘いをやったし、土人の神聖な銀の壷に唾液《つば》を吐きこんだりもした（一九）。エイハブの世界の葛藤は苛烈なものであり、新約の律法に基づくものというよりも、旧約の律法に基づくもの、サタンとエホバの葛藤に近いものである。キリストの名は、全巻を通じてただ一度、白鯨追跡の命運を明日は決するという第二日の苦悩の夜、それを口にすることのできるただ一人の男、スターバックの口から叫ばれるだけ。後は彼も口にすることはできないという事実が、内面世界の真実を暗示している。

エイハブは魔法使いである。彼は自分の悪の世界を呼び出す。復讐の目的を果すためには黒魔術を使う。「悪魔の名において」と言う時、エイハブは自分が呪文を唱え、黒魔術の儀式を行なっているのだと信じている。(五七) エイハブの世界は、『リア王』よりも『マクベス』の世界に近い。そこでは超自然的なことが起りうる。フェダラーは三人の魔女たちのように自由に出没する。マクベスは、劇の展開につれて恐怖の念からだんだん悪と一体化していくのだが、エイハブは登場する前から悪と一体になっている。悪の手先は、エイハブにもマクベスにも同じたくらみをしかける。実現しそうもない予言をして偽りの安泰を約束するのだ。エイハブの張りつめた雄勁な言葉は、リアよりもマクベスの言葉に似ている。マクベスもエイハブも邪《よこしま》な、眠りを妨げる地獄の悪夢を見る。二人とも人間から孤立しているという苦しみに耐える。この二つの悪の世界は正確に対応し合っている。どちらの世界にも神の存在する余地はほとんどない。メルヴィルはある種のものを除外しようとした。そしてキリストと聖霊もその中に入っていた。エイハブは、哀れにも、父なる神の名において洗礼を与えることとすらできない。ただ悪魔の名において洗礼を施すことができるだけである。

これがエイハブの世界である。それは邪悪な世界だ。作品が完成した時、メルヴィルはホーソーンに「僕は邪悪な本を書き上げました。今は仔羊のように汚れのない気持です。」(五八)（一八五一年一一月一七日付の手紙）と書いているが、それは本心だったのだ。「邪悪な本」というのはエイハブのドラマのことである。彼の白鯨に対する燃えさかる怒りと、運命さながら船が大西洋に乗り出した瞬間からはじまる復讐のための追跡とである。邪悪なのはその行為であり、『白鯨』という本全体ではない。『白鯨』の世界は、何かそれ以上のもの、何か違ったものを含んでいる。恐らく、その違ったもののおかげで、メルヴィルは「仔羊のように汚れなく」感じたのだ。それはシェイクスピア戯曲集中の簡単なメモの中に含まれているものである。

「狂気は定義しがたし。」メルヴィルのこの考えのもととなったと思える二つの劇が、このメモの記された第七巻に収められている。『リア王』と『ハムレット』。『リア王』の中の狂気の型――リアの型と道化の型とでは、一体どちらが定義しやすいのだろうか？　だが、メルヴィルが『ハムレット』から狂気について何を学んだのか、あるいは『リア王』からは、と考えることは必要ない。『白鯨』には、エイハブもいればピップもいる。メルヴィルはエイハブの偏執的な性質の分析を、信じがたいほどおし進めた。その結果は、彼自身が「エイハブのさらに大きく暗く深い面は、まだ仄めかされてさえもいない。」（四一）と認めざるをえなかった。一方ピップの狂気は、もっと測りやすい愚かさである。「船のものは彼を気ちがいと呼んだ」（九三）。しかしメルヴィルは、そう呼ぶのは妥当ではないとする。ピップの狂気がどんな性質のものか仄めかすこともせずに暗闇の中に放置したりはせずに、「人間の狂気は天上の知恵である」と言い切る。

こう力をこめて言い切っているところが、シェイクスピア戯曲集のメモの最後の一見難解な文を解決する鍵である。

それと真の理性とは一つのものの両極、
——（黒魔術）ゴエティクに非ず、シアージック魔術
霊、力あるもの、天使との結びつきを求む。

「それ」は前の行の「狂気」をさすのだと思う。「真の理性」という言葉は、二〇世紀の読者にはあまりなじみがないが、一九世紀の読者にとっては、もっと多くのこ

とを意味していた。というのはカントからコールリッジにつながる哲学の用語では、「真の理性」とは「悟性」(五九)と対照をなすもので、至高の知性のことだったからである。メルヴィルはこの言葉を『マーディ』の中でも使用している。『マーディ』でどんな風に使っているかを調べてみると、『白鯨』創作のためのこの謎めいたメモで、この言葉にどんな意味をもたせていたかが判ろうというものである。

　真の理性とアルマ(六〇)とは同じものなのです。さもなければ、理性ではなくてアルマの方を我々は拒むでしょう。主の教えは愛ということです。全ての賢いもの、善いものが、愛の中で結びついています。愛こそが全てなのです。愛すれば愛するほど、ますます多くのことが解ってくるし、知れば知るほど多くのものを愛するようになります。（一八七）

ところでメモにもどることにして、もし「(黒魔術)ゴエティクに非ず、シアージック魔術」という文句を挿入だと考えれば、文章は大分はっきりする。「狂気」と、一見正反対の「真の理性」とは、ともに「霊、力あるもの、天使」に、一言で言えば神に、達する一つの道、企て、衝動の両極なのである。

挿入句中の形容詞も、この読みを支持している。Goeticという言葉はゲーテGoetheからの派生語、『ファウスト』に関係があるもののように見えるかも知れないが、語源はギリシャ語のgoetosで、ぺてん師、手品師、そしてここの場合のように魔術師などを意味する。（プラトンは文学のことをGoeteiaと呼んだ。）何処でメルヴィルがこの言葉を覚えたにしろ、彼は、括弧の中で説明しているように、黒魔術の意味で用いているのである。「シアージック」という言葉は、全く対照的に、自己浄化と神聖な儀式を通じて神の助けを求めるという、ネオプラトニストたちの一種の魔術に対する正確な名前である。このように「ゴエティク」と「シアージック」という言葉を用いるに際して、メルヴィルはカルデア（六一）以来の黒魔術と白魔術の区別を用いているのである。前者は悪魔の、後者は聖者と天使のもの。前者は悪しきもの、後者は善をなすものである。白魔術、シアージック魔術は、「狂気」や「真の理性」と同じく、神を求める。一方黒魔術、ゴエティク魔術は悪魔のみを呼びだす。

さて話を『白鯨』にもどすと、エイハブの世界には、「霊、力あるもの、天使との結びつき」を求める余地がない。エイハブはそのようなものを求めることができないのだ。というのはファウストとメフィストフェレスの間にとり交わされたのと同じょうに強い拘束力のある契約が、彼とフェダラーの間にも暗黙のうちにかわされているからである。メルヴィルの考えでは、エイハブもファウストもともに真理を求める者ではあるが、悪との結びつきのために、真理の扉はとうぜん彼らには鎖されているのである。エイハブの魔術は、モウビ・ディックへの憎悪の念が残っている限り、黒魔術である。彼は真の結びつきを求めてはいない。

反対に「狂気」はそれを求める。そしてピップは狂気であり、「天上の知恵」である精神錯乱にかかっている。この黒人小僧がすんでのところで溺死しそうになったとき、彼の魂はおどろくべき深い底に辿りつき、「神の足が織機の踏台におかれているのを見て、それに話しかけた」(九三)。この事件のおかげで、乗組みの中でピップだけは「永劫の時を予知し」(二七)エイハブが瀆神ゆえに自らに禁じた結びつきを達成しえたのである。「九九章　ダブロン金貨」は、活動する主要人物たちの、真理に到達しようとする試みを劇にしたものである。この場面で「美徳が孤立した」(四一)一等航海士スターバックは、何の確たる信念ももっていないことをあばかれてしまう。彼は己の「義しさ」を失うのがこわいので、「真理」の前からしりごみをする。二等航海士スタッブは陽気さの故に、三等航海士フラスクはまったくぼんくらであるゆえに、ともに霊的なものが鈍っている。マン島の男は迷信を抱くだけだし、クイークェグは好奇心をもつだけである。フェダラーは、金貨を邪悪なやり方で崇める。エイハブは唯我論者流に金貨を見る。つまり金貨に鋳てある図案の「三つの峰は堕天使《ルシファー》のように誇らか」で、いっさいの図が「エイハブ！」と叫んでいると考えるのだ。乗組みの者全員の中でただピップだけが真の洞察力をもっている。彼は金貨のことを船の「へそ」だと言う。「真理」を、船の生命を表わしているからだ。

「真の理性」が神に達しうるもう一つの残された道である。正気の人間のとる道、生《せい》の炉で知性を純粋に鍛え上げる道である。真の理性をメルヴィルが『白鯨』の中でどう使っているかを理解するためには、筋の上では何の活躍もしない二人の登場人物をひきあいに出さねばならない。

バルキントンが「真の理性」に照応する人物である。第三章で一度、彼が汐吹亭に入ってくるところが描写されている。「六フィート豊かの背、肩はがっしりし、胸はコファー・ダム（六二）さながら」の男。その瞳の深い翳には「楽しからざる記憶」が漂っている。「二三章　風下の岸」で、彼は作品の行動部分からはっきりと除外されてしまうのだが、そうなる前に、メルヴィルは、彼の象徴的意義を曖昧ながらも明かしている。バルキントンは「深い真剣な思索から」「陸を去ることにのみ、至高の真理、神のように岸辺なき広大無辺の真理がある」と信じ、陸を軽蔑して海に乗出す男である。この章以後ピークォド号の航海の間中、彼は行動には一つも参加しない。乗組みの秘密のメンバーであり、いつでも甲板の下にいる。ちょうど『アントニーとクレオパトラ』（四・三）で地底から聞こえてくる音楽のように、不思議な存在である。彼は乗組みの者の心、彼らも人の子であることのしるしである。そしてその人問らしさを通じてのみ、彼らは神格をえることができるのである。

もう一人イシュメイルが残っている。メルヴィルは、エイハブの行動と、ピップ、バルキントン、その他の乗組みの者がその行動に参加して果す役割とを、イシュメイルの語る物語という枠組みの中におさめている。今迄あまりにも長い間、イシュメイルとハーマン・メルヴィル自身とを混同した批評がなされてきた。しかし彼は、エイハブ、ピップ、バルキントンと同様架空の人物なのである。ただし、彼は作者に非常に似たところがあるので、あるいは彼らほど完全に架空だとは言い切れないかも知れないが。しかし彼は作者自身であるだけにとどまらない。彼はギリシャ悲劇の合唱隊《コロス》の役をつとめるのであり、彼の眼を通じてエイハブの悲劇は眺められ、彼によって、何が白魔術で何が黒魔術かが明かにされるのである。キャッツキル山の鷲（註七六参照）と同じく、イシュメイルも暗黒の渓谷に飛びおりることも、そこから陽光へと再び舞い上がることもできるのだ。彼は行動的ではない。超然としている。傍観者である。だから彼個人の劇中人物としての存在はたやすくは解らない。しかしもし彼の合唱隊《コロス》としての役割に気づかねば、作品のもつ洞察力《ヴィジョン》はそのいくぶんかが失われることになる。彼だけがピークォド号の難破にさいして生き残った。それは海の大きな屍衣がうねり続けた（一三五）後で、エイハブの邪悪な物語以上のものを語りつぐためである。エイハブの自ら創り上げた世界は、本質的に否定的な、瀆神と黒魔術の世界であるが、救いとなるものもある。彼の君臨する世界はまた、人間らしさが花開き、臣下（乗組みの者）がピップかバルキントンの道をとって神に達しえたかも知れない世界なのである。このように、イシュメイルを使用することにより、メルヴィルは、企図通りの相剋とカタルシスを達成することができ、「仔羊のように汚れなく」感じたのである。

イシュメイルは、ギリシャ悲劇以来のあらゆる劇の合唱隊のもつあの心を浄化する力、すべての場面に立ち会い、すべてを見通す力をもっている。シェイクスピア全集の、『白鯨』のメモを記したその同じ場所に「アイスキュロスの悲劇」と走り書きしてあるのは興味深い。イシュメイルのみが九章でマプル神父の説教を最後まで聴いた。彼だけがバルキントンを見て理解した。一九章で霧の予言者イライジァ(六三)から、エイハブの瀆神の仕業の秘密を教わったのも彼である。ピップが神を見たことが解り、彼を悼んだ。乗組みの者の人間性の栄光を声高らかに叫びもする。イシュメイルは、エイハブだけでなく「乗組みの者」の物語と悲劇とを語り、『白鯨』の世界を創るのである。エイハブの世界は、人生の必然によって、というか人間の平等をうたった独立宣言によって、「その世界の一部」となっているのである。

エイハブ船長と彼の道化

うき世のならいはエイハブも免れぬところである。メルヴィルは、暗鬱なエイハブを創造するにあたって、シェイクスピアの神話以外のものも使った。マーロウ(六四)とゲーテの神話、つまりファウスト伝説である。しかし彼はそれを自分なりに変えている。一八―一九世紀の諸革命の後では、ファウストの像も原型のままではいなかった。メルヴィルの変更には、リアと道化の影響が見られる。

変化はエイハブとピップの関係におこる。エイハブの死に様は、大空にキリストの血を指さし、その慈悲を叫び求めながら死ぬマーロウのフォースタスの嵐のような苦悩(六五)とは違う。彼は自分の堕地獄を容認して死ぬ。白鯨との最後の闘いの前に、彼は運命の手に身を委ねていた。

彼の自己中心癖がもっとも激しくなり、彼の憎悪がいちばんかきたてられるのは、

「一一九章　蝋燭《ろうそく》」に描かれている夜、燃える銛を乗組みの者の上にふりかざす時である。嵐の夜。舞台装置は「リア王」（三・四）に似ている。しかしエイハブは、リアと違いこの嵐の夜には惨めな同胞《はらから》に対する愛を見出さない。それどころか、この夜、エイハブは憎しみのすべてをぶちまける。彼は単に太陽や稲妻に対して挑みかかる以上の瀆神を犯すのである。彼は、本来人間ならぬ鯨だけのためにきたえ洗礼を与えたはずの銛を、自分の仲間の人間に、乗組みの者に向ける。憎悪の気持をこめて彼らの頭上にふりまわす。嵐の翌朝、稲妻により針の向きをねじまげられてしまった羅針儀箱に新しい羅針をつける時にも、ひそかに自分の邪悪な目的に専念しているのである。メルヴィルは、エイハブの自我のこの頂点をはっきりとこう書く。

　エイハブは、その眼に侮蔑と勝利の焔を燃やし、致命的なプライド（六六）にあふれて立っていた。（一二四）

それからほんの二、三時間のうちに、エイハブに変化が起りはじめる。その変化の原因となったのはピップ——というか彼の脱け殻であった。エイハブの魂の名残ででもあるかのように、彼はエイハブに呼びかける。エイハブの方でも、彼を捕えた水夫に向って救うために近づきながら、「その聖者から手を放せ」と叫ぶ。これは決定的な行為である。初めてエイハブが他の人間を助けようとしたのだ。まさにその時、エイハブもリアと同じような台詞を言う。

子供よ、お前はわしの心の奥底にふれた。お前は、わしの心の琴線で織った絆で、わしに結ばれたのだ。さあ、下におりよう。（一二五）

エイハブは、「非情な行為」のために、神々を呪い続けてはいるが、この瞬間以後、彼の口調は前よりも豊かな、穏かな、怒りや耳ざわりな調子の少いものになる。彼は自分の以前の瀆神沙汰に疑念をいだきさえもする。というのは、ピップが彼と同じ船長室に住むようになって、彼のうち奥深くに、悲しみが生じたからである。イシュメイルがこの宿命的な航海のため乗船書類に署名した日に、ピーレグがエイハブにもあるのだと主張していた何かが再びもどってきはじめたのだ。あの時ピーレグは、船長の邪悪な名——聖書によれば、犬が彼の血をなめた（「列王記」上・二二）——に対するイシュメイルの恐怖に反駁して、エイハブにも妻も子もいるとあかし、こう結論したのだった。

そうしてみれば、あのエイハブとて、まったく救いようのない害心をもっとりゃせんとわかるだろう。いや、いや、たとえ傷つき呪われておろうと、エイハブにもちゃんと人情はあるわい。(一六)

この人情は、白鯨に対するエイハブの憎悪のためにこれまで打ちすてられていた。一例。怒りに燃えて甲板の上を夜歩く時、エイハブは、自分の鯨骨の義足のコツコツという音が平水夫や高級船員の眠りをどんなに妨げるだろうかなどと一度も考えたことはなかった。腹をたてたスタッブがエイハブに対決する。と、エイハブは彼に向って犬のように犬小舎にひっこんでいろと命じたのだ(一一九)。というのは、ピップとちがい、スタッブにはエイハブの心を動かすことはできないからである。事件の後でスタッブが感じたのは、人間らしい感情から恐ろしいほどに切りはなされてしまっていると思える火のような年寄りのために、膝を折って祈りたいという衝動だった。

いったんエイハブのこの開花がはじまった後もなお、ピップはその不思議な動因であり続ける。エイハブは「わしはお前から、この上なくすばらしい哲学を汲み取る」と言う。彼は神に、ピップに祝福を与え、救い給えと祈るまでになる。しかしそう祈る前に「殺してくれるぞ」とおどかしもする（一二九）。つまりそれほどまでにピップは彼の復讐心を弱めるのだ。

ピップは終りの部分では姿を消すが、彼が老エイハブからひきだした優しさは、成長し続ける。まるで、自分の魂をもう一度屈服させようと願ってでもいるかのように、エイハブはピップを船倉の中におき去りにする。しかし甲板上でも、エイハブはもはや傲慢な堕天使《ルシファー》ではない。彼はレイチェル号の船長に恵みを与え給えと神に祈る。これはモウビ・ディックと闘う前にあう最後の船であり、また悲劇の後でイシュメイルを拾い上げることになる船でもある。エイハブの言葉のちがいについては、こう説明してある。「念いりに一語一語噛みしめるように発した言葉」（一二八）。注目すべきは、終結近くで、モウビ・ディックを見つけるために自分で作った見張り用のバスケットで檣頭《マスト・ヘッド(六七)》（一三〇）に自分を揚げさせる準備をした時には、「命索《いのちづな》」をスターバックの手に委ねたことである。彼のこの人間らしさの樹液は「一三二章　交響曲」

で最後の芽をふく。見るがよい。エイハブは、最初から自分の誇りの種であったものを打ちこわしてくれと神に願うのである。「神よ！　神よ！　神よ！　わしの頭脳を打ち割って下され。」彼はスターバックの方をふりむき、自分の妻や子のことを口にする！　そしてこの彼の最後の、灰となった林檎は地に落ちるが、彼は今では復讐を追い求めるというよりも、諦念をもってその仕事に身を委ねているのである。彼は、鯨を超越し、安らかな死へと思いを駆せている。

三日間の追跡の間、彼は張りつめ、ものに憑かれ、恐ろしい様子をしている。彼は、いまだに人情の埒《らち》外にいる。しかし彼はもはや高ぶってはいない。ただ孤独なのである。「おお、寒い、寒いぞ。」二日目の終りに、フェダラーの行方が判らなくなった時、彼はがっくりした。彼の最後の復讐の叫びは、フェダラーや、稲妻と血でやきをいれ白鯨に向い投げつけた銛とおなじく失われた怒り、白鯨に向い投げつけ失われた怒りを、再びふるいたたせるためのものであった。彼は人生を錨を巻き上げる機械にたとえれば、それをまわす挺子《てこ》にあたる運命に頼る。「この劇はすべて、変更のないよう定められておるのだ。」その夜は、彼は日頃の習慣を捨て、鯨に立ち向わなかった。「向日葵《ひまわり》のような視線」を東の方にむけ、宿命の第三日目の太陽を死のように待った。マクダフがめぐりあい戦いを挑む前、「明日、明日、明日」と独白するマクベス（五・五・一九）さながらである。三日目、肉体をもたぬ風が航海にでてはじめて彼の注意をひく。白鯨の姿が見えた後でもなお、エイハブはためらい、海の上を眺め、船のことを考え、檣頭に別れを告げる。彼は、死を予知していることを、スターバックに認める。予言は成就される。彼の最後の言葉は、自分の船が自分を乗せずに沈んでゆくことだけを嘆く。

おお、孤独な生涯の終りの孤独な死！　おお、わしの至高の偉大さは、至高の悲しみの中にあると今こそ感じるぞ。（一三五）

彼は、日頃の呪いの言葉も口にせずに、白鯨に向い突進する。母船から彼に語りかける最後の声は、ピップの「おお、旦那、旦那、もどって来て」という言葉だった。ピップのエイハブに与えた影響は、『白鯨』の結末に悲しみのヴェールを投げかけ、憎悪の緊張を和らげ、嵐までのエイハブの強烈な悪魔崇拝からは決してえられぬような同情を、この傷ついた男に対してもつ余地を残す。この叉状の焔に照らされた悲劇は、恐怖の顎《あぎと》のさ中にあっても、哀憐の情により豊かにされている。

エイハブとピップの美わしい関係は、道化とエドガーに対するリアの関係に似ている。嵐の中で彼らと行《こう》をともにすることによって、彼らの苦しみから学びえたものが、王のプライドをかなぐりすてるのに役立った。彼自身を欺き他人からも隔てる権威を失ってはじめて、リアは彼らの深い狂気のうちに叡智を見た。エイハブが給仕から学んだのと同じように、リアも道化から学ぶことができるようになった。

『リア王』で、シェイクスピアは型通りの「狂人にして知者《フール》」を使い、筋だけでなく他の点でも不可欠の重要な役割を果させた。道化は芝居の詩的、劇的構想の中心にいる。メルヴィルは、その新機軸をわがものとした。

ピップは狂人だ、愚者《フール》（六八）ではない、という反論が出るかも知れない。シェイクスピアの場合、狂人と愚者の区別は、はっきりとは判らぬほど微妙である。『白鯨』ではピップは道化であると同時に白痴なのである。彼が正気を失うほど恐ろしい目に会う前は、彼のタムバリンは、乗組みの者にとって道化の鈴つき帽の役を果していたのだった。彼らの深夜のどんちゃん騒ぎ（四〇）にたいするピップの独白には、エリザベス朝劇の道化の鋭く苦い知恵がある。一旦「溺れた」後での彼の言葉は、道化やエドガーばかりでなくリア自身の言葉にまでも対応するものである。『白鯨』の中の一言が、今迄に述べたこと、またまだ述べていないことの上に鋭い光を投げかけてくれる。メルヴィルはピップについてこう言っているのだ。

お前の奇妙な無言劇は、この憂鬱な船の暗い悲劇と意味あり気に融けあい、それを嘲っていた。（一一三）

と言うのも、ピップは、狂気の故に神を見たことがあったからである。

シェイクスピア　結論

メルヴィルは、素朴な民主主義者ではなかった。彼は「偉大な人間」が決して消え去らないことを認識していた。二〇世紀になってわれわれが対決してきた問題に、すでに対決していた。普通人の勃興時に、超凡人エイハブの興亡を素材として悲劇を書いた。

地中海やヨーロッパの諸国では、その昔国王の欠点が臣下に悲劇をもたらした災厄とは、「おごり高ぶる王座に、不意に襲いかかる」(六九)ものであった。封建時代に生まれあわせれば、身分の高い人間が没落するときには、彼の人間財産、つまり国民がその償いをさせられるのだった。

捕鯨船はメルヴィルに二つの事実を思い出させた。(一)民主主義とは言っても、まだ支配者がいなくなったわけではないということ。(二)普通人は、どんなに自由の身であっても指導者に頼り、指導者はどんなに献身的に仕えられてもわら屑のようなつまらないものに頼っているということである。彼はまさにそういった民主主義の背景の前に悲劇をおいた。アメリカ、一八五〇年というのが彼の**所与**であった。

「惨めな鯨捕りの老人」　偉大な人物
運命　抹香鯨の追跡。策略（乏しい資源を管理する経済学）
乗組み員　普通人。船長の支配
イコール
悲劇

人間の支配関係について考える場合には、なにをおいても「銛打ち頭《がしら》」（三一二）を参照のこと。これは海上の皇帝や国王、規範や慣行についての情報を提供してくれる。

エイハブの脳中に巣くうサルタンのような暴君性はこの規範や慣行という衣を被ると、あらがいがたい独裁性の権化のごとくになって現れた。というのも個人の知性がいかに卓越したものであるにせよ、それはなんらかのがんらい醜く卑しい技巧や掩護物の助けを借りてはじめて、他者の上に実際的に効力のある権威をふるうことができるからである。・・・

人間の不撓不屈の力を十分に、かつ強烈に描こうと望む悲劇作者は、さきに示唆したようなことを、劇作にとってもきわめて肝要な教訓として忘れてはなるまい。（三三）

まだある。まだまだあるのだ。メルヴィルには、彼の創作上の問題がはっきりと分かっていた。

彼は散文の世界、**新世界**をもっていた。

しかし書くのは昔ながらの「悲劇」である。

シェイクスピアが問題解決の手段を提供してくれた。

かくして『白鯨』が書かれた。Q．E．D．（証明終わり。）

『白鯨』の形式は、その筋《アクション》の意味とおなじく『**シェイクスピア戯曲集**』に深く根をおろしている。メルヴィルはシェイクスピアの技巧を学んだ。たとえば［性格描写］。少なくとも三箇所でメルヴィルは『ハムレット』を分析している。そのうちの二つは『ピエール』にある。そのうちの一つは、この劇について『戯曲集』に書きこんだ唯一の感想。「ハムレットの偉大なモンテーニュ主義（七〇）」という感想を敷衍したものである。第三の、もっとも興味深い文章は『信用詐欺師』にある。そこではメルヴィルはまず、文学において「風変わりな人物」を創ることと「独創的な人物」を創ることとの違いを述べる。後者については、彼は三人しか認めない。ミルトンのサタン、ドン・キホーテ、ハムレットの三人だ。独創的な人物とは

回転しているドラモンド灯（七一）のようなものである。周囲のすべてのものに光を放射する。すべてのものがそれにより照らし出され、姿をくっきりと現す。（ハムレットについてどんな風かを注意してみるとよい。）（四四）

さらに言葉をつづけて、その効果は「創世記」で事物の始原に続いて起こったことに

似ていると述べる。彼はシェイクスピアの教えを、できるかぎり利用したのだ。

［構成］についてもおなじことが言える。『白鯨』には、エリザベス朝の悲劇の動きと同じような上昇と下降とがある。最初の二二章は、イシュメイルが合唱隊《コロス》として、航海の準備について語る部分であるが、本筋《アクション》にはいる前の序幕、下準備となっている。二三章「風下の岸」は幕間の小劇《インタルード》である。バルキントンは「真の理性」であるから、悲劇からは排除される。次の章から劇は始まる。第一幕はエイハブ、乗組員、航海の目的――つまりモウビ・ディック追跡――といったものをまとめて提示する最初の緊迫した動きをもつ「後甲板」の章で終わる。ここではじめてすべての主要な登場人物の描写、すべての予感、すべての伏線が示される。

イシュメイルが「モウビ・ディック」および「鯨の白きこと」についての議論を展開するもう一つの幕間の小劇が続く。

起こることを以下に要約してみよう。物語はすすみ、ジェロボウム号とその狂気の予言者ガブリエルとの出会いがある（七一章）。次の山場は、エイハブが脚を失ったのとおなじように片腕をモウビ・ディックのために失った船長に会うためにサミュエル・エンダービー号を訪れる一〇〇章である。動き《アクション》が最高潮に達するのは嵐の場「蝋燭」。その時点以後は、エイハブが自分の運命にたいして安らいだ気持ちをもつようになる第五幕となる。

この最終楽章ではじめて、モウビ・ディックが姿を現す。この鯨のことを演劇でふつうに使われる意味での「主人公に対立するもの《アンタゴニスト》」と考えるのは間違いである。（民主主義においては、対立は広範囲におよぶのだ。）悪魔崇拝は広く行きわたっている。モウビ・ディックは、悪が攻撃しやすい形をとったものというにすぎない。じっさい『白鯨』の最後に姿を現す現実の肉体をそなえた鯨は、エリザベス朝悲劇の死の役割にむしろ近い。この白きものがはじめて姿を現したとき、少しもあわててはおらず「猛烈な速度ながら安らいだようすで」（一三三）静かに海を分けて泳いでいた。

たしかに『白鯨』は小説であり、劇ではない。舞台にのせることが不可能な要素をふくんでいる。ピークオッド号、鯨、とくに巨鯨《レヴィアタン》、広大な海。たいていの本を書くさいに、メルヴィルはおなじような道具立てを用いた。しかし『白鯨』においては、それ以前にも以後にも決してしないような総合的使用をなしとげている。

以前『タイピー』において民俗学的な素材を扱った場合も、今後『信用詐欺師』において譬《たと》え話を使う場合でも、彼にはできなかったことをやってのけたのだ。この

『白鯨』においては、捕鯨についての知識が、言わば船倉にきちんと積みこんである。物語が展開する間は——というのはつまり最初の四八章までだが——「科学的」記述は四章しかない。おなじく物語が一気に悲劇的結末にむかう最後の三〇章には、そういった説明はいっさい排除されている。中間部が抹香鯨についての「科学的ないし詩的」な記述の大部分を支えていることになる。メルヴィルは注意深くこれらの章を案配し、たくみに分散させている。大洋を航海中のピークオッド号が出会う八隻の船が、鯨学についての考察の間に割りこんでいる。じっさい綿密な計算にもとづいて、捕鯨の章が筋の進捗を妨げる役をはたしている。ヴァン・ワイク・ブルックス(七二)は、そういう章を船の安定のために積みこむ「底荷《バラスト》」と呼んでいる。

「ト書き」が全編を通じて用いられている。「独白」も用いられている。七〇章「スフィンクス」でエイハブが抹香鯨の頭にたいして独り言をつぶやくところは、エリザベス朝演劇どくとくの髑髏《どくろ》にたいする独白(七三)を思わせるものがある。きわめて巧妙な「超自然の効果」の一例としては、「船倉から流れでる低い笑い声」(三六)があるが、これは『ハムレット』の地中の亡霊の声のエコーである。

「小道具」は舞台効果をきちんと計算した上で使用されている。『リチャード二世』

で国王が鏡をうち砕くように、(七四)エイハブも四分儀をたたきこわす。なかんずくダブロン金貨は重要である。いったんエイハブがその金貨をマストに釘でうちつけると、それは**焦点**になった。心象《イメジャリ》、思索、登場人物、過去や未来の事件がそこに集中する。それは、ヴォルポーニ(七五)の金貨さながら、舞台の中央にある。

独白の中では、エイハブの台詞がいちばん［エリザベス朝の話し方］を彷彿させる。メルヴィルの散文の韻律や抑揚は変化に富むが、エイハブの言葉遣いの特徴は「雄勁で高邁な」(一八)ものである。独白の場合は、シェイクスピアの悲劇の四、五幕で、苦悩のあまり胸がはり裂け声音もかわる主人公とおなじように、エイハブの声も調子が変わる。

エイハブのこの短いとぎれがちの調子と対照的なのは、イシュメイルが物語るときの散文で、ゆったりとした海のうねりを想起させるものだ。韻律の対照もこの本の対位法の一部をなしているが、それは行動的ではないイシュメイルと、行動的なエイハブという二人の登場人物のはたす役割を反映しているのである。そればかりではない。それはメルヴィルが『戯曲集』に書きこんだメモに示されている小説の構想全体から生まれ、また対位法的にそこに戻っていくものである。——合唱隊《コロス》の役をつとめるイシュメイルはキャッツキル山の鷲（七六）にも似て光を見出しうるが、エイハブは彼の魔術がゴエティクなものであるので、闇の中にとどまる。散文の文体における対照は、全編を流れる凪と嵐のテーマをくりかえしているのである。最初の鯨追跡であろうと、妖しい潮吹き（五一）であろうと、嵐、はては「交響曲」の直後に起こるモウビ・ディック追跡であろうと、例外なく事件は凪のときに起こっている。

文学的な影響力としてもっとも強いもの、シェイクスピアが、メルヴィルを演劇という観点からみた悲劇に近づかせた。社会的影響力として最大のもの、アメリカが、メルヴィルを民主主義という観点からみた悲劇にひきよせた。

この二つのものを一致させることは、メルヴィルには容易であった。彼がアメリカの実体を認識していたためだ。その結果がエイハブだ。

アメリカの実体、それはサイズ、そしてサイズをいかに評価するかという問題に関係してくることである。**巨大国**アメリカに近づき、自分もホットケーキのように広がる大人物になった気分にひたる。ホイットマンが歌ったようにアメリカの広大さを歌いあげ、アメリカの厖大な**産物**を前にして、現在のわれわれとおなじく得意になる。

むずかしいことではない。いかにも**アメリカ式**だ。お気楽なことだ。紙コップのような下らぬものを量産し練り歯磨きを使う。**ダメダ**。

あるいはわれわれの力とは単に**量**なのだとひらきなおることもできる。目的など論外だとするわけだ。これも気楽だ。われわれが機械装置を**発明**しつづけ、豊富な資源をもっているかぎりはだが。

あるいはまた、もっと立派な姿勢、創造的な姿勢をとることもできるかも知れない。アメリカを、ものの役に立つべく**運動**中の**物体**、形成されるべきものと見るわけである。そうなると物理学で最初にとりあげるべき問題がはいってくる。**ポテンシャル**と**速度**とは個別に観察できるし、また**事物**を測定するためにはそうしなくてはならない。すると近似的な結果がえられる。不確定性原理——運動の速度を知ろうとするとエネルギーの正確な値が判らなくなるし、エネルギーを知ろうとすると速度の正確な値が判らなくなるというハイゼンベルグの法則を考えると、その近似値でじゅうぶん役に立つ。

メルヴィルは、なすべきことをした。計算し、エイハブを鋳造した。まず第一に**巨大**であること。次には**エネルギー**。**目的**は自然を支配すること。**速度**は頭脳の働き。

運動の方向は復讐。**代価**は庶民。乗組員。

エイハブは**事実**であり、乗組員は**観念**である。乗組員は、アメリカによって象徴されるものが『白鯨』の世界にはいる接点である。彼らはわれわれが民主主義のあるべき姿と想像しているものである。シェイクスピアから学んだ悲劇にメルヴィルがつけ加えたものである。『ジュリアス・シーザー』では、舞台裏から庶民の声が聞こえてくることになっているが、メルヴィルはそれ以上のことをしなければならなかった。それが独立宣言の生み出した違いなのである。シーザーの面前におけるローマの平民の振るまいをキャスカが次のように語る。

襤褸《ぼろ》屑どもは、まるで芝居小屋で役者にするように、シーザーのすることが気にいりゃ手をたたく、気にいらなけりゃののしる。こりゃあまったく嘘のない話です。（一・二・二五八―二六〇）

この台詞の横にメルヴィルは太い字で

タマニー・ホール（七七）

と書きこんでいる。彼は真実を語る余地をシェイクスピアよりももっていると考えていた。彼が筆をとっている国は、彼自身の言葉を借りれば、アンドルー・ジャクソンのような貧しい生い立ちの男でも「玉座よりも高くなげ上げられうる」国であった。「民主主義」と呼ばれる政治形態にあっては、自分たちは貴族など「もたない」でいられるとみんなが考えるようになっていた。メルヴィルが「庶民」にシーザーの時代よりも大きな役割を与えざるをえなかったのは、彼の周囲の実生活でも彼らがより大きな役割をはたしていたからであった。彼はそれを以下のように述べている。

いま私が言及している堂々たる威厳は、王侯貴族のローブをまとったそれを指すのではなく、身にローブなどまとうことなどない人々が豊かにもっている尊厳のことである。

その尊厳が、鶴嘴《つるはし》を振るい釘を打つ者どもの腕に輝いているのを君は見るであろう。そのような民主的尊厳は、神から発して無限に世界を照らすのだ。おお神よ！　偉大にして絶対なる神よ！　あらゆる民主主義の中心にしてしかも周縁である神よ！　神が遍在することこそが、われらの神聖なる平等を生むのである。
それゆえに、神よ！　もし私が今後卑賤の船乗り、無法者、世間から見捨てられた者に、暗いながらも高貴なる性《さが》を認め、彼らに悲壮美の衣をまとわせ、また、彼らのうちもっとも傷《いた》ましい者、もっとも卑しめられている者を至高の高みにも ち上げたとしても、また私が職人どもの腕に天上の輝きを投げかけたとしても、悲惨な落日の上に虹をかけたとしても、汝、平等の精神よ、あらゆる悪意ある批評家から私を守り給え。汝はわれらの同胞《はらから》のすべてを、人間性という高貴な衣装でおおってきたではないか。（一二八）

バルキントンのことを想起せよ。

壮大化するというのが『白鯨』の特色である。その対象は労働者、世間から見捨てられた者だけにとどまらない。海の広大さ、堂々たる文章、鯨、船、そして**とりわけ**船長を壮大化しているのだ。アメリカの現実のために、どうしてもそういう技術的な工夫をこらさなければならないのである。悲劇にふさわしい巨大な身の丈。こう説明してみようか。『白鯨』の諸元（高さ・幅・奥行き）を決定するのには三つの力が働いた。モーセ（七八）以前の**神話**の人メルヴィル。**空間**《スペース》、その力と価値の体験、つまりアメリカというもの。太古からの**悲劇**の偉大さ、シェイクスピア。

ここでメルヴィルがいちばん多く書きこみをしている戯曲『アントニーとクレオパトラ』について考える必要がある。ローマはとりもなおさず全世界のことであり、シェイクスピアは登場人物とその行為に帝王にふさわしい大きさを与えている。アントニーとクレオパトラは、惑星さながら、まるでマルスとヴィーナス（七九）のように恋しあう。

> あの人の両脚は大海原をまたいでいた。高くあげた
> 腕は世界の冠になっていた。（五・二・八二―三）

とクレオパトラはアントニーのことを夢見るような口調で言う。メルヴィルは彼女の言葉にサイドラインをひいている。彼はまた、アントニーがシーザーを破って陣営ま

で追い返した後の、彼のクレオパトラにたいする歓びあふれる挨拶

おお、おんみはこの世の光だ。（四・八・一三）

にもサイドラインをほどこしている。そしてまたアントニーが死んだときのクレオパトラの次のような悲嘆の叫びにも。

世界の冠も溶けるものなのか。（四・一五・六二）

『アントニーとクレオパトラ』はオリエントが舞台である、ピラミッドが築かれたように構築されている。ここには巨大な空間《スペース》が広がっている。そしてその空間に負けぬほど巨大なものが。それは壮大な生き方をした男と女である。『白鯨』の世界と同じ問題があるのだ。そして彼らは大洋のように広い舞台で力いっぱい生ききったのだ。アントニーが、クレオパトラの後を追ってアクティウムの海戦から逃げ出したのにたいするイノーバーバスの言葉は、『白鯨』の問題とおなじ問題をわれわれにつきつ

ける。

死にものぐるいになるというのは、
こわさのあまりこわさを忘れるっていうことだ。ああいう気持ちになると
鳩も駝鳥を突っつく。
わが将軍も脳味噌がへった分だけ
勇気《ハート》を回復したというわけだ。勇気が理性《リーズン》を食うようになっては、
戦う武器の剣《つるぎ》までも食ってしまう。（三・一三・一九五―二〇〇）

死にものぐるいとなりこわさを忘れたエイハブが白鯨に挑むための槍とも言うべき理性をいかにして保っていたのかというのが、『白鯨』を書くさいにメルヴィルの主要な関心であった。エイハブの場合は心情《ハート》が犠牲にされたのである。

捕鯨業――アメリカが明らかにその産業帝国の一部に組みこんだもの――から、メルヴィル言うところの「惨めな鯨捕りの老人」、この「いかにもナンタケット人らしい陰鬱でむくつけき」（三三）男をとりあげた。そういう素材から彼は悲劇の主人

公、独創的な人物を生みださねばならなかった。彼はその困難に勇敢にたちむかった。シェイクスピアがアントニーやリア、マクベスに与えたような「堂々たる外観をもつ儀容」を与えることは不可能だと知っていた。メルヴィルは書いている。

　おお、エイハブよ、汝にあって偉大なるものとは、天空からつかみとり、海に潜って求め、実体なき虚空に描き出されるものでなければならない。（三三）

メルヴィルはエイハブのことを「船上の大汗《たいかん》、海洋の王者、鯨群の支配者」にしてあげている。というのもアメリカ人は、世界についてローマ人のごとき感情をもっているからである。世界はおのれのもの、じざいに処分できるものなのである。彼は我が物顔に世界中を闊歩する。彼の自由に処分できる所有物なのだ。彼は機械を駆使して世界を征服したのではなかったろうか？　その資源をも意のままにする。軍による押しつけの平和だと？　世界のアメリカ化なのに。他のだれが世界の主だというのだ？

メルヴィルはエイハブを「ダライ・ラマさながらに人交わりせぬ」（一〇六）人物

として描く。「脳中に巣くうある種の暴虐性」（三三二）のために、彼はピークオッド号の船長になっているのだ。誇り高く、病的で、片意地で、復讐心に燃えている。彼は「うつろな冠」（八〇）をかむっている。と言っても、リチャード二世の王冠のようなものではない。それはナポレオンも戴いたロムバルディアの鉄の冠（八一）である。キリスト磔刑《たっけい》の釘でつくられたそのぎざぎざの縁が彼を傷つける。彼は火をあがめ、太陽にも打ちかかると言い切る。

なによりもまず憎悪がある――眼に見えぬものにたいしてむけられた巨大な憎悪が。アメリカのタイモンは、人間ではなくて、人間を脅かすあらゆる眼に見えない力を攻撃するのだ。その超人間的な**憎悪**の念が、乗組みの者をまきこみ、その結果モゥビ・ディックは、エイハブだけでなく彼らをも死の淵に引きずりこむ。英雄《ヒーロー》の唯我論による破滅が、世界を崩壊させるのだ。

作品の結尾、白鯨の猛威のただ中で乗組員も、ピップも、バルキントンも、そしてエイハブも敗れさる。

すべての者は海底にちった。（八二）

第二の事実　ドローメノン（八三）

第二の事実

一八二四年一月二六日の夜、ナンタケットの捕鯨船グロウブ号が、太平洋のファニングズ島沖、北緯三度四九分、西経一五八度二九分を航海中、二人の短艇操舵手兼銛打ちの一人、二一歳のサミュエル・B・コムストックが殺人を犯した。彼はナンタケットの学校教師の息子で、母方はミッチェル家――つまりコフィン家、ガードナー家、スターバック家、メイシー家などとおなじく島とは切っても切れぬ縁の家柄であった。彼は正午をまわるとすぐに、船室に降りていき、寝ている船長の頭を手斧でたたき割り、一等航海士もどうようにして殺した。残る二人の航海士にたいして「おれは血に飢えている。おれの手は血まみれだ。復讐してやる」と叫び、三等航海士をマスケット銃で射殺した。二等航海士には、鯨から脂肪を切り取るために使う刃渡り四フィート、幅三インチの両刃《もろば》のナイフで傷を負わせ、死ぬまで放置した。

第三部

モーセ

血の掟の書

『白鯨』においては、海、そこに棲む生き物、そして人間、おしなべて残忍である。モウビ・ディックは「人間の血に飢えている」(四一)。エイハブは「心に血なまぐさいもの」(三一)をもっている。海は「未来永劫、この世の終わりまで、人間を侮辱しつづけ、殺戮しつづける」(五八)であろう。

つまり血に飢えた野蛮な世界なのだ。難破して生き残る孤児イシュメイルでさえも、「私自身野蛮人であり、食人種の王以外のなにものにも忠誠を誓っていないが、同時にまたいつでも彼に反逆するのだ」(五七)と叫ぶ。

これが原初の者にとっての事実なのである。

(動力因のないものなどないのだ。)

一　メルヴィルは神を必要とした。時間、大地、人間よりも前に、空間《スペース》がまず最初にあった。彼はそれを求めた。「サートゥルヌスの薄明の混沌《カオス》」の背後にある「極地の永遠不滅の真理」を求めた。(八四) キリスト、聖霊、エホバでは満足できなかった。彼が安らぎを感じるのは、劫初の神といるときだった。彼の夢はダニエルの夢であった。(八五)「日の老いたる者、その衣は雪のように白く、その白髪は清らかな羊の毛のようだった。」空間《スペース》とはメルヴィルが追放された楽園のことであった。

彼が鯨を創ったとき、彼は自分の神を創ったのである。イシュメイルはあるとき岸に打ち上げられた抹香鯨の骨を見る。それはどっしりとしたものであり「モーセに先立ち淵源もさかのぼることのできぬ、言語を絶した鯨に対する恐怖」(一〇四) に彼はうちふるえる。

はじめてモウビ・ディックが見えたとき、海中の雪山さながらという姿で泳いでいた。イシュメイルには、強奪したエウローペー(八六) をおのれの角にしがみつかせたままクレタ島へと泳ぎ去る白い雄牛に化したユーピテルさながらに見えた。劫初の、美しい、悪意のある白い姿だ。

二　メルヴィルは（八七）父の素性について煩悶した。息子として苦しんだ。根源を失ってしまい、父を知りたいと要求した。

ギリシャ神話のクロノスは、神とならんがために鎌で武装し、父ウラノスを去勢した。ローマ神話のサートゥルヌスは刈りこみナイフを用いた。クロノスもサートゥルヌスも、兄弟で同盟した息子たちにより廃された。この息子たち、ユーピテルの一族の新しい神々も、次にはほかの息子たちによって攻撃された。この息子たちは巨人族であったが、神々との戦いに敗れた。彼らは神々よりも人間に近い存在であったと伝えられている。

エンケラドゥスもその中の一人であった。彼はメルヴィルがつねに心にいだいていたイメージである（八八）。勝ち誇り自ら父祖となった成功せる息子のうちにではなくて、戦いに敗れ追放された英雄たちのうちに、彼はおのれの俤を見たのである。

三　『白鯨』は復讐の物語である。エイハブは以前の航海でモウビ・ディックに遭い、闘った。「鯨はとつぜんその鎌の形をした下顎を一閃したかと思うと、まるで野の青草を切る草刈り人のように」（四一）エイハブの脚を切りとってしまった。

（エジプトの英雄神オシリスは、野猪に化けた息子で敵のセトによって一四切れにひき裂かれ、ナイルにばらまかれた。すると魚が彼の陽根を食った。）

エイハブはその時一つの目的をもった。「大胆不敵な、いささかの仮借もない法理をこえた復讐をとげること」である。と言うのは、彼は「アダム以来全人類が感じた怒りと憎しみの総計をことごとくその鯨の白い瘤に積み重ねた」のだから。

四　この怒りと憎しみとを理解することが必要である。メルヴィルはジョナサン・エドワーヅ(八九)ではない。怒れる神に対する彼の答えはエイハブ、罪人《つみびと》ではなくて四大(九〇)の息吹を吸って育った男である。

「わしに罰当たりなんぞと言うな。侮辱されたら太陽にでも打ってかかるぞ。」(三六)

メルヴィルの倫理観は神話にもとづくものである。彼にとって恥辱とはいかなるエデンよりも以前から存在するもの、劫初からあるものであった。シェイクスピアのマルカム（九一）にとっては、世界中の人心の平和こそが甘いミルクであったのだが、メルヴィルにとっては、空間《スペース》の調和こそが甘いミルクのはずであった。しかしそれは人間の手で、血で、凝《こご》らされ、酸くなっていた。

人間に罪を与えたのは、ふつうの行為ではない。**始原の行為**なのだ。人間の「王国を主題とした雄大な芝居」はカインが弟アベルを殺した**最初の殺人**の結実なのだ。

暴力の体験が広い海上での叛乱ということになると、犯罪も測り知ることのできぬスケールの大きなものとなる。船長を殺害するとは！ 良心は、そのような行為をはかる測径器とはならない。

（『白鯨』の「タウン・ホー号の物語」を憶えているだろうか？ 一等航海士ラドネに正義を執行したのがモウビ・ディックであるというような場合には、いったいだれがスティールキルトに判決を下すことができよう？）

国王を殺すとすぐにマクベスは神秘のかげの中にずかずかと歩みいる。現実のスコットランドから、呪われた世界へと踏みいるのだ。

ロス　お爺さん、天を見てごらんよ、人間の犯した罪に心を痛めて、お天道さまも自分の舞台を暗くしてしまった。（二一・四・五）

空間と時間とはたんなる抽象的なものではなくて、メルヴィルの経験の実体であった。彼はこの二つの次元の中で闘争を描いた。モウビ・ディックは、人間がこれまでにたち向かわされた生物の中の最大のものとなった。エイハブの憤怒と憎しみとは、父なる神の敵として人間が今までに想像しえた最大の敵サタンのそれにも負けず大きいものである。

五　エイハブの生まれは怪しいものであり、教会法に適わないものである。[九二] スターバック[九三]は彼のことを「人間と言うよりも悪鬼だ」と思っているし、スタッブにとっては、彼は「海の老人」である。イシュメイルはエイハブが「ある不治の観念に内側から責めさいなまれ外面も焼かれている」（四一）のを見ている。エイハブ自身は「腰が曲がり背が丸まり、まるで楽園を追放されていらいの積もった年月の重みにあえぐアダム」（一三二）のように感じている。

彼は海よりも以前から存在する恐怖を知っていた。悲哀を背負っているのだ。頭から足まで「一条の鞭打ちのあとのような白っぽい鉛色の痍跡《きずあと》」（二八）の烙印をおされているのだ。イシュメイルに向かって、予言者イライジャ（九四）は、エイハブがホーン岬沖で三日三晩死んだように人事不省になっていたと告げた。またあるときは、エイハブは火刑にあいながらも死なず、柱から下ろされた男のように見えた（二八）。「蝋燭」に描かれている夜、稲妻が帆柱を蝋燭のようにしたとき、エイハブは避雷針の導鎖《どうさ》をつかむ。それは彼の言葉によると、おのれの血を火と共鳴させるためである。彼は夜の闇にむかって叫ぶ。

「汝、透明なる霊よ、お前はその火でわしを造った。わしはまことの火の子らしく、その火を汝に吹き返してやる。」

（プロメテウスは太陽から火を盗み、人間にもたらしただけではないという神話がある。彼は人間を造ったのだと言われている。）

六　『白鯨』において、イシュメイルはエイハブについて言えるかぎりの事を述べた後で、この男のさらに大きく、暗く、深い部分はまだはっきりとしてはいないことを認める。彼の主張によると、それはどんな人間にもあてはまるのであり、未知の部分を発掘するためには、人間の表面の下まで深く降っていく必要があるのだ。

そこにはその人間の偉大さの根源、畏怖すべき本質が髭におおわれて坐っていると彼は言う。

遺跡の下に埋もれた遺跡、頭も手足もないトルソーを玉座とする古代（四一）

イシュメイルはこんなコメントをする。

大いなる神々はこわれた玉座を与えて、虜囚の王を嘲笑《あざわら》う。（四一）

彼はさらに、その王とはだれなのかという自分自身の問いに答えて言う。

それは君たちの暗鬱な祖宗だ。追放された息子たちよ。君たちを生んだ者だ。(九五)

クライマックスは次の謎めいた言葉である。

その祖宗からのみ古き国家の秘密はもらされれのである。

『白鯨』を書いたメルヴィルは、その秘密をしっかりと把握していた。その結果として、彼は力強く足どりのたしかな息子であった。いかなる新約聖書的な愛の世界によっても心弱くなることはなかった。彼の居るべき世界にすでにさかのぼっていた。モーセにまっこうから迫ることができた。太古の人間の偉大な行為、大きな悪事を知っていた。それらは彼自身のうちにあったからである。

とうとう答えを知った。どうしたら空間《スペース》という失った次元《ディメンジョン》を取りもどすことができるかという問いの答えを。父の素性をあばく手段があるのだ。自分が土・水・空気・火という四大の対抗者であると宣言することだ。

以後彼はヘブライ人のようなやり方で誕生日をかぞえた。つまり息子の年齢は、その誕生からかぞえるのではなくて、父親の死からかぞえるのだ。新たなるモーセとしてメルヴィルは『白鯨』という血の掟の書を書いたのだ。

第四部

キリスト*四

キリスト

一八四一年メルヴィルは南海に行った。一八五六年には聖地に赴いた。この対照が、太平洋での体験ならびにその体験から生まれた作品群――『タイピー』(一八四六)、『オムー』(一八四七)、『マーディ』『レッドバーン』(ともに一八四九)『白ジャケツ』(一八五〇)――と、『白鯨』(一八五二年)以後一八九一年ニューヨークで死ぬまでの晩年四〇年間に書かれた作品群との間にも見出せる。一八五六年の聖地旅行は、読者周知の青春時代の航海の双生児、自然にそむいた双生児だったのである。メルヴィルはこの旅行を、生涯の危機的な時機に行なった。それは私の見るところでは、彼の創作力の喪失の真の原因が何であったかを物語っている。[*五]

一八五六年の一〇月に旅にでたのは、健康上の理由からであった。『白鯨』の執筆が、彼の健康を損ねてしまっていたのだ。彼は執筆当時まだ三一歳であった。『ピエール』

にすぐにとりくんだことが、健康状態を悪化させた。病気がひどく進み、一八五三年には、家族はメルヴィルの精神状態を調べてもらうために、医者を——例えばピッツフィールドで近所に住んでいる文学者オリヴァ・ウェンデル・ホームズ医師などを招いたくらいであった。

メルヴィル自身は、すでに一八五一年に、もし旅行に出かけることができれば助かるのだがと考えていた。『白鯨』出版後間もない一八五二年一二月に彼を訪問した親戚の一人は、彼との会話を、ニューヨークのジョージ・ダイキンクに次のように報告している。

彼のことを少し笑ってやりました。貴方があまり引きこもって暮しているものだから、町に住んでいるお友達は、貴方のことを少し気がふれていると考えているのよと言ったのです。そうしたら、ぼくもずっと前からおかしいと思っていたんだ。だけどももしぼくがハンガリーの独立を助けに出かければ、ぼくの正義が飢《ハンガー》えに苦しむことになるでしょう、ですって。(九六)

彼がめくるめくようなとてつもない言葉を駆使した作品『信用詐欺師』を書いている一八五六年頃には、メルヴィルについて五三年頃から変らぬ意見を抱いていたメルヴィル家とショー(九七)家の者たちは、今度こそなんらかの手をうたなければならないと感じた。このメルヴィルという男、ある者は我慢して交際しているしまたある者は恐れている、たいていの者が恥ずかしく思っているし、みんながうんざりしているように見えるこの男に対して、何か決定的な処置をとらねばならない。旅行の費用は、岳父のショー判事から出た。こんどの場合は、メルヴィルは自分の意志で旅に出たのではなくて、準備をととのえてもらったとは言え、送り出されたのである。

英国では、地中海へ行く汽船の乗船予約をするさいに、ホーソーンを訪ねた。彼はメルヴィルのことを次のように措写している。「以前より少々蒼ざめ悲しそうに見えたが、昔とほとんど変らぬ有様。粗い織の上衣を着ており、いつもながらの沈着、寡黙な態度であった。」二人は、サウスポートにほど近い海辺で、砂丘の窪地に入り風を避けながら一日をすごした。メルヴィルは、日記の中に簡単に「愉しい会話」をかわしたとしか記していない。ホーソーンは、日記にもっと詳しく書いている。

メルヴィルは、いつものように、摂理や来世について、そして人智の及ばぬあらゆる事柄について論じ始めた。そして「死後は霊魂が消滅するものと十分に覚悟はできている」と言った。しかしそれにもかかわらず、彼はそういう覚悟に安住しているようには見えないし、確固たる信念をえるまでは安らぎを感じることはないだろうと思う。

われわれが坐っていた砂丘と同じように荒涼として変化のない心の砂漠を、ここかしこと彼がどんな風にさまよい続けてきたか、私が彼を知って以来ずっと、そしておそらくはその大分前からずっとさまよい続けてきたかを考えると、奇妙な気がする。彼は信じることもできないし、不信の境地に安住することもできない。しかも彼はあまりにも誠実で勇気があるので、どちらかに決定せずにすませることもできないのだ。

もし彼が信仰者であれば、もっとも真実の意味で信心深く敬虔な信者の一人となったであろうに。彼は本当に気高い性質の持主で、われわれのたいていの者よりも、霊魂の不滅に価している。(一八五六年一一月二〇日)

ホーソーンは、メルヴィルが船出する前日もう一度彼に会った。「彼はアメリカにいた時よりも大分具合がよくなっているようだと言った。しかしまた、あちこちうろつきまわったところであまり面白いこともないだろう、なにしろ冒険心を失ってしまったのだから、とも言った。たしかに、以前会ったときよりもずっと暗い人間になっている。だが旅行を続けるうちには、明るくなるものと思う。」(同上)

七年前、つまり『白鯨』を書く前にもメルヴィルはほとんど同じような旅行をしたのだった。一八四九年『白ジャケツ』の原稿を売るために英国に向かう船の上で、彼は次のように書いている。

今日午後テイラー博士と二人で旅行の計画をたててみた。ウィーンからコンスタンティノープルまではドナウ川を下る。そこからアテネまで汽船で。ベイルートとエルサレムへ——アレクサンドリアとピラミッドと・・・このすてきな東方旅行で今も心が一杯だ。考えてもみるがよい。エルサレムとピラミッド! ——コンスタンティノープル、エーゲ海、そしてアテネ! (一八四九年一〇月一五日)

今度は齢《よわい》三七歳にして、健康を回復するために地中海世界に赴くのである。彼は、自分でも認めているように、過去の「従順な臣下」(九八)となった。二一歳の時原始ポリネシアの中に見出した悠久の過去よりもずっと近い過去の臣下だ。

彼は『タイピー』のような作品はもち帰らなかった。旅行記『ジブラルタル海峡を通って』(九九)は創作とは言えない。それはメルヴィルが東洋を再発見した後ふたたびそれを失ったことの記録である。レイモンド・ウィーヴァーが苦心してテクストを入手可能にしてくれたので、その物語を語ることができるようになった。それは日記の判読しがたい表面の下にひそんでいる。

メルヴィルが一二年間、創作をしている時も撃退し続けていた感情を、太陽と有色人種とがかきたてたのだ。彼の書いたものとはうらはらに、それまで彼は白色人種の罪と結ばれていたのだった。アメリカという彼の周囲の環境から生じた圧力が、内側に向けて彼を締めつけていた。人を窒息させるようなその力を更に強めるものがメルヴィル自身の内にあった。(一〇〇)倫理的な北方人メルヴィル。

父親の罪と失敗とに始まる昔の不名誉にさらに加えて、メルヴィルが南海から数多くの不面目なこと、社会的な恥をもち帰ったということは、疑う余地がないようにみえる。一八五一年から五六年にかけての彼の行状は、よろしくないものであった。間歇的に妻に暴力を振い、母にも気まぐれな態度を示した。彼の心中に動揺があったのだ。『ピエール』がその証拠文献の役割を果す。更に『信用詐欺師』も。どちらの作品も、主題と題材にキリストをふくんでいる。

『ジブラルタル海峡を通って』では、メルヴィルの回帰の物語は、フィニスター岬をすぎたところ、ポルトガル南西端のセント・ヴィンセント岬沖で始まる。その日書きこまれたことは、以後の劇の成り行きを暗示する黙劇《ダム・ショー》(一〇)である。自分の内なる矛盾を少しでも解決しょうと東方に向かう人間の、その矛盾した要素が、まるで黙劇の身振りのようにはっきりと、次に引用する自然な文章の中に現れている。

一八五六年一一月二三日　(日曜日)

セント・ヴィンセント岬から三分の一マイルとはなれていないところを通る。険しい断崖の上の灯台と僧院。十字架。灯台の下には洞窟。大西洋全体がここに打ちよせて砕けている。美しい午後。あそこからは、クリミアさして行く大船団の姿が見えたにちがいない(一〇二)。

メルヴィルは、亡霊をよびさましてしまったのだ。断崖の上につかの間彼が見たものは、彼自身、彼の生命——**高い崖**と**洞窟**、間に**十字架**。そして彼の作品もこういったものからできあがっているのだ。灯台、僧院、十字架、洞窟、大西洋、午後、クリミア半島。つまり、真理、宗教的理由からの独身生活、キリスト、大闇黒、大洋の空間、感官、そして人間の過去。

第一幕　地中海。それはくりかえしである。儀式だったのかも知れない。地中海に入った最初の日に、「太平洋」と日記に書きこんでいるのだ。ノアさながら、メルヴィルは自分の洪水を乗りこえて生きのびた。『白鯨』という箱舟が後に残った。そしてまた、洪水の時の水、大西洋と太平洋も。彼はもっと小さな海、地中海にもどった。かつては「陸の影なきところにおいてのみ、神のごとく岸辺のない広大無辺の、至高の真理がある」とメルヴィルは、『白鯨』の「風下の岸」でバルキントンの性格を描くときに書いたのだったが。

地中海は内海である。陸の真中にある。昔から地球の中心である。大洪水以後、ノアの子セム、ハム、ヤフェトや彼らの子孫は、その岸辺で働き、暮してきたのだ。メルヴィルにも、洪水がひいた時のノア同様、耕作をして暮らすという道もあった。創世記以後キリストまでの間に、多くのことがなされてきたが、どうようにメルヴィルのなすべきこともたくさんあった。彼は旧約聖書の世界に場所を占めた。具象化するべき広い空間と時間とを占めたのだ。彼も参加するべき契約があった。神と地のもろもろの肉なる獣との永遠の契約である（創世記九章）。一八五六年の時点で残念だったのは、メルヴィルが契約の徴《しるし》である虹を見ることのできた唯一の場所は、死海の広漠たる水の上だったということである。

彼は自分の真理を失ってしまった。空間の詩人《ポエト・デスペース》としての彼には、大西洋、太平洋、地中海という三位一体の方が、もう一つの三位一体、晩年四〇年間ここかしことさすらったキリスト教に対する懐疑の心の砂漠よりもずっとふさわしいものだったのに。

「我は汝に洗礼す。父なる神と御子と聖霊の御名に非ずして、悪魔の名において。」（『白鯨』一一三）

コンスタンティノープルは、再びメルヴィルを生き生きとした感覚にゆだねてくれた。往きの汽船に乗りこんできた二つのハーレムの女たちに強い興味を示したりした。この町のことを、女にたとえて描写している。「霧は街の周辺《スカート》のあたりからあがった。・・・恥じらいながら姿を見せるところ、思わせぶりである。・・・ここに住むサルタンの側室《そばめ》たちに似て、この街も被衣《アシュマック》をつけていた。」（日記一八五二年一二月一二日）。これはメルヴィルにはめずらしいイメージである。彼の作品には肉体をそなえた女性がいないばかりか、女性に附随するものの感じ、衣服も魅力も快楽もめったにあらわれないのだから。もしかしたら『タイピー』のフェアウェイは例外かも知れない。彼女とても記憶、まぼろしなのだが。二組みの女性、『ピエール』のルーシーとイザベル、その原型である『マーディ』のイラーとホーシャがいることはいる。もう一人だけ女性がいる。一番よく描けている女性、「魔の群島《エンカーンターダズ》」の中のチョロ・インディアンの寡婦だ。彼女は苦難の物語を通じて実体を獲得している。

二組みの女性は、実感できないし、実体をそなえていない。ホーシャというのは、南海の島の「女王」であるが、メルヴィルは彼女をセイレムの魔女に仕立てようとして、(一〇三)

コトン・マザーがかわいそうなマーガレット・ルールに対した時と同じようにこわごわ用心して扱っている。ホーシャは火刑にもならず、罪を告白もせぬ。「腰帯は解き」「あつかましく」蠱惑的で「一切を巻きこむ渦巻き」(『マーディ』一一九)だと言う。馬鹿げた話だ。イザベルもだ。彼女はメルヴィルが派手に彩色したチェンチ(一〇四)。魔女。ピエールの「姉」と自称している。二人の女に共通の魔力とは、不手際に扱われた近親相姦にすぎない。対照的に、『マーディ』のイラーと同じ役割を『ピエール』でうけもたされているルーシーは、ピエールの許婚、スケッチをしたり縫い物をしたりするだけの蒼ざめた女性で、「この世においては脆い」(二三・二)こととレースのよう、「天が私の名を呼び、あなたのためにすばらしいお仕事をするようにと私に命じました」(二三・一)という紋切り形の言葉しかピエールに与えることができないのだ。

メルヴィルが、この旅行中、コンスタンティノープルやその他の場所で、女性に対して自然な感情を抱くことができたという事実は、彼の中で長い間抑えられていた力を解放するに足るほど深い変化が心《サイキ》の中に起ったということを示している。彼はこの何箇国語も使われている街をもの狂おしく歩きまわり、おおげさなほどにそれについて筆をふるった。ギャラタやペラの郊外の群集にとけこんだ。彼らが下を通るのを見ようと、橋の上にのぼったりもした。彼が一の橋にもたれた時には、太平洋を見下ろして大檣楼に立ちジャック・チェイスと二人で船のゆれに身をまかせていた時以来はじめて、体が生き生きとした。ただちがう点は、彼がいま思いをこらしているのは、百五十万平方マイルに及ぶ広漠たる大洋の代りに、人口百五十万人の街だったということである。

市場に行く。無数の乗物。家具、武器、絹物、砂糖菓子、靴、サンダル――一切。頭上には、横に入口のついた石のアーチ。

たいへんな人出。グルジア人、アルメニア人、ギリシャ人、ユダヤ人、トルコ人は商人。すばらしい縫取りをした絹物、金めっきをしたサーベル、美しい馬衣。

勝手に歩いていると、迷路、喧騒、全体の野蛮な混雑に茫然とし、とまどい、途方にくれる。

プロポンティス海、ボスフォラス海峡、ゴールデン・ホーンの入江、ドーム、回教寺院の尖塔《ミナレット》、橋、軍艦、糸杉。筆に尽しがたい。（一八五六年一二月一三日）

全ての文に共通しているのは、人間的なもの、自然なもの、具体的なもの、人に栽培されてきたものへの注意である。建築物は、蕾み、葉を出す。メルヴィルは、遊牧の民のテントに回教寺院のドームの原形を見、糸杉に尖塔の形をみる。ボスフォラス海峡で対峙しあっているアジアとヨーロッパは「美人コンテスト」に出ている二人の女のようである。アジアの色は、「動物園にいる怠惰で不活発な――アジア産のライオンに似ている。」

今度は注意を石に向けよう。ありのままの石。建築の素材。切り出したばかりの荒石。まず第一に注意を石の建造物に、エジプトに向けるがよい。『日記』は、ピラミッドの前に立った時、クライマックスに達する。それがとりかこんだ空間を征服しているためなのか、時に対する反抗を意味しているためなのか、あるいはエンケラドゥス（一〇五）めいた天に対する攻撃のためか、とにかく**石造建築**は人類の**神話**と特に結びつけられている。巨塔の物語は、洪水、エデン、アダムなどと同じくらい本原的なものである。メキシコのチョルーラの大ピラミッドのことをどう説明するにせよ、アトランティス大陸の物見の塔についてのプラトンの描写が何にもとづくにせよ、こういった建造物は、エジプトのピラミッドとおなじように、神話だけでなく記念碑の中に生きたいという人類の欲求を示すものである。バベルにあった太陽の神殿は、エ・サギラと名づけられたが、それは「頭をもたげる者の家」という意味である。

ピラミッド　遠くからは、山脈のように紫色にかすんで見える。高く、先が尖っているように見えるが、近づくと、先は平坦で潰れている。頂上より低くにかかった霧。・・・ただモルタルだけでくっつき、頭上にさし出ているテーブル岩。・・・砂の大きな隆起の上のピラミッド。・・・隅から出発し、砂、灰、こわれたモルタルや陶器の小山の上をある地点までよじのぼる。次には石の棚をつたって小道に出る。ジグザグのルート。・・・アンデス山脈の騾馬。・・・のぼって行く人々。風になびく白い外衣を着たアラビア人が案内する。天使に天国まで導かれているかのようだ。・・・

古代エジプト人のことを考えると身ぶるいがでる。エホバという観念は、このようなピラミッドの中でこそ生まれたのだ。狡猾なものと畏怖《おそろ》しいものとの恐ろしい混合。モーセは、エジプト人のあらゆる学問に通じていた。・・・ピラミッド設計の理論。砂漠に対する防禦線としてのピラミッドだと。ばかげている。天地創造のさいに創られたのかも知れぬ。これぞヤコブが臥して寝た階段だ。(「創世記」二八・一二)・・・

石の線は、人間の手になる石細工というよりも、岩の層のように見える。長い傾斜をした岩山と断崖。広大な平面。

壁もなければ、屋根もない。他の建造物ならば、どんなに巨大なものの場合でも、順に見ていくうちに、眼は徐々にその大きさになれてくるものだ。しかしここには、支えも足場もありはしない。一切か無かなのだ。心にかきたてられるのは、高さ・幅・長さ・深さなどの感覚ではない。広大無辺の感じである。

大洋の場合、最初に五分間眺めただけで、一箇月間眺めたのと同じくらい多くのことを、その広大さについて学ぶことができる。ピラミッドに関しても同じだ。その単純な形が、われわれを無力にする。海の広さを測り知ろうとするなどということは無駄だと知りつつも、人間はつい海の深さを測り、その濃度を計ろうとしてきた。ピラミッドについてもおなじことだ。人間はその底面を測定し、石一つ一つの大きさを測ってみる。だがピラミッドは、研究されたりきちんと理解されたりすることを拒む。ぼくの想像の中に、ピラミッドは、いまだにぼんやりとした定かならぬかげを見せている。表面の石をとりはずしたところで——その石だけで城壁に囲まれた市を二つ建設できるくらいのものはあるのだが——少しもピラミッドの外見の壮大さを減じはしなかった。むしろ逆の効果をもたらしたのだ。ピラミッドの表面が滑らかだった時は、波一つない大洋と同じく印象のうすいものだったにちがいない。石造建築のまったくの静寂《なぎ》。しかし今日ではその稜線は壮大な変化を示している。

人間がなにかとほうもない仕事をしたのを誉める場合に、造化の仕事のように想像力を刺激するとよく言う。だがピラミッドは、正確に言えば、人間の仕事や造化の妙のような形で心をゆさぶりはしない。想像を働かせる者にとっては、ピラミッドは大自然とも人間とも無関係だったように見える。

あの自然をこえた人間、僧侶なのだ。あのエジプトの賢人たちは、恐ろしい発明家だったにちがいない。魔術を使って自然のままの大地のむくつけな形から、ピラミッドの超絶的で新奇な姿を喚び出すことができたし、同様の魔法で、すべての人間の内なる粗削りでとるにたらぬ考えから、神という超絶的な概念を建立できたということも、理解できるような気がする。

しかしピラミッドは、聖なる目的のために建設されたものではなかった。

（一八五七年一月三日）

そして『白鯨』も聖なる目的のために書かれたものではなかった。しかしメルヴィルがどんな風に石に、荒石に、ユダヤに向かったかをみるがよい。

ユダヤの石。聖書には石についてたくさん書いてある。記念塔や記念碑が石で建てられている。人間が石で打たれて殺される。たとえ話でも、種は石だらけの地に落ちる。(「マタイ」一三・五参照) 聖書にこんなにも石がでてくるのも不思議ではない。ユダヤは石が集まってできているのだ。

（一八五七年一月二六日）

これが**最後の幕**である。メルヴィルがピラミッドからエルサレムへ赴いたとき、彼が得ていたいっさいのものを失ってしまったのだ。あんな風にピラミッドを描写する力は彼を見棄てる。ちょうど『白鯨』を書く力が彼を見棄てたように。キリストの犠牲《にえ》になったのだ。彼はエジプトでスフィンクスが「背中を砂漠に向け顔を緑蔭に向けて坐っている」ということに気づいていた。メルヴィルはそのスフィンクスと逆の位置に立った。彼はキリストのうちなる緑に向かっているつもりだったのに、それは砂漠だったのだ。

［ユダヤの荒蕪］
目路の届くかぎりに瀰漫《びまん》している白っぽい黴――漂白されている――癩病――呪われた外皮――古いチーズ――岩の骨――噛み砕き、しゃぶりつくされた――創造の時の屑、滓・・・骨格が見える――ことふつうの土地とを比べると、まるで骸骨と生きている薔薇色のほほの人間のようだ。・・・他の廃墟のように苔が生えることもない――朽ちていくものの優雅さも――蔦もない――緑で和らげ

られることのない荒涼たる不毛の地――白茶けた灰――石灰窯（一八五七年一月二六日）

聖地滞在の二週間は、メルヴィルの心を苦い幻滅の中に封じこめた。そして彼は二度とその幻滅を脱け出すことができず、絶望の淵の中から、一五年後には『クラレル』を、あの懐疑の祈祷、二巻本の「聖地巡礼の詩」を書いた。三十余年後には、『ビリー・バッド』、軍艦の叛乱を扱ったあのきわめてキリスト教的な物語を書いた。石、ベトザダの池の荒石[一〇六]、ソドムの「瀝青や灰」、「狂犬のよだれのように」浜辺が泡で汚れた死海、「胸の悪くなるようないかさまの」キリストの墓、こういったものがメルヴィルを最終的な疑問にまでおいこんだ。

この土地の荒廃は、神の致命的な抱擁によるものか？（一八五七年一月二六日）

メルヴィルはキリストの犠牲となった。彼がそうなったのは、愛の欠如と死のせいであった。

「わが魂、この罪深き土塊たる肉体の中心よ」（『ソネット集』一四六番）とシェイクスピアは書いた。メルヴィルは、この中心に自信がもてなくなったのである。それは、かつては、エイハブの中心、ピラミッドの中心のように、力強く、過去へ遡り、奥深く探究するものであったのだが。

太古のミイラは、布また布にくるまれて横たわっている。このエジプトの王を裸にするのは、時間がかかることである。（『ピエール』二一・一）

絶望の気持におそわれながら、メルヴィルはそれを何も芽をふかぬ球根と呼んでいる。『白鯨』を執筆している時には、ホーソーンに宛てて次のように書いたのだったが。

しかし今ぼくは球根の最も奥の一枚まで開花した、間もなく花は地におちるだろう、という気がします。（一八五一年六月一日付け）

『ピエール』では――変化は『白鯨』と『ピエール』の間でおこったのだ――彼は次のように書いている。

苦心惨憺してピラミッドの中へと坑を掘っていき、おそろしい暗中模索のすえ中央の玄室にたどりつく。うれしや、石棺がある。だが蓋をとってみると――屍体はそこにはないのだ！ ――人間の魂と同様、慄然とするほどの広大な空虚さ！ （二一・一）

メルヴィルはキリスト教の信仰のために自らを否定した。ここアメリカで彼の内にはぐくまれた洞察力《ヴィジョン》の本質は空間である。空間が人間を餌食とするということである。ところがキリスト教の核心は時間である。彼は、一旦は太平洋のおかげで確信できたことを、キリストがうち消すにまかせたのだ。メルヴィルは、来世の約束にしがみついたのだ。

死が彼を悩ませた。彼自身の生、「くさむらにひそみ帽子を脱いだ生」が、エミリ・ディキンソン(一〇七)の言葉を借りれば「雀蜂のように」彼を悩ませた。彼は復活に慰めを求めたが、なにも得られなかった。永遠の生命をもたぬという人間の制約を信仰によって失うことに対する補償は、なにも得られはしなかった。生の広がりが、かつて彼が感じていたものよりも縮小しただけであった。事物は空間に広がるにつれて重さを失った。一八五六年に彼に残ったものは、彼自身の信仰の外殻だけであった。ホーソーンに「死後は霊魂が消滅するものと十分に覚悟はできている」と語っている。メルヴィルが『クラレル』の中でキリストに対して浴びせかけた非難というのは、死後にも生命があると嘘を吐いたではないかということだった。

彼を見よ。そうだ、この人を見よ。
夢を生み出したとは言わないまでも是認した人を。
その夢からは、夢自体の否定が生まれている。
（『クラレル』一・一三・六二―六四）

彼はキリスト自身の「わが神、わが神、なぜわたしをお見捨てになったのですか」（「マタイ」二七・四六他）という父なる神への呼びかけを口にしてキリストを嘲ける。

神をとがめる者よ！　我々の方でお前をとがめ返してやる。
（『クラレル』一・一三・四八）

メルヴィルが失なった生と死の感触とは、空間の経験が与えてくれるものである。その幻影《まぼろし》が『白鯨』であり、その苛烈な神話であった。『ピエール』においては、メルヴィル自身の力が衰えるにつれて、その幻影も単なる言葉になってしまった。くどい感じの文章ではあるが、心の中を正直に述べている文章が二箇所ある。なぜキリストがメルヴィルにとって困った存在なのかを説明してくれるかも知れない。一つは、自分が生まれながらにもっている権利を返してくれと父なる神に要求して、他の巨人たちとともに戦いをいどむエンケラドゥスを頌えたものである。それは、メルヴィルにはよく解っていたように、人間の制約を求める戦いであり、彼の想像力をかきたてるものであった。もう一つの文章というのは、キリストのもたらした疑念から解放されて、霊魂の消滅をたたえるものである。

ギリシャの昔、人間の頭脳が老耄《ろうもう》の囚われ人となりベイコン学派の毛織物縮充工場で打ち叩かれ漂白されてしまう以前、四肢がまだ野蛮な、日にやけた美しい色を失う以前、この円い世界がもぎたての林檎のように新鮮で赤く香り豊かだった時代――今ではいっさいが色褪せてしまった！　――あの豪放な時代には、いまわしい一眼の食人種キュークローペスを満腹させるために、偉大な死者たちを七面鳥よろしく飾りたて木皿に載せて地面におくというようなことはなかった。気高く嫉み深い生は、貪婪《たんらん》な蛆虫を欺き、栄光のうちに屍体を火葬にした。それゆえ魂は高きを望み、目に見える焔となって天に向かったのだ。（『ピエール』一二・三）

イェーツ(一〇八)はどこかで「墓の中でエルサレムを恋う」という言葉を用いている。キリストに来世の幻灯《スライド》を見せられたために、メルヴィルの過去を見つめる視線が逸れてしまった。彼は『マーディ』の中で信仰告白をしたことがあった。「ぼくの記憶は、誕生以前の生だ」（一一九）と。彼の生まれながらにもっている感覚では、時間は空間との関係でとらえられていた。それはキリストの感覚のように、事物から逸れて個人に、個人の魂の旅路にとむけられるようなことはなかった。メルヴィルにとっては、例えばコンスタンティノープルで感じたように、現在の直接的、具体的なものこそが、空間と時間の中に人間を解き放ってくれるのであり、またその時空の広がりの中で、ピラミッドのような物体を肌で感じ理解したり、エイハブや白鯨のようなものを創造したりすることを可能にしてくれるのである。メルヴィルにとっては、時間とはキリスト教のように未来に向かってまっすぐにひかれた一本の線ではなかった。善悪の論理ではなかった。時間は回帰する性質をもったものであった。時間にも、空間と同じく、密度がある。そして事件というのは、その時間の内に堆積された事象のことであり、人間は空間の中を動くことができるのと同じように、事象のまわりをめぐることもできるのだった。メルヴィルにとっては、集団としての人間の行為は、ピラミッドのように時間の中におかれ、再検討し、再び行なってみる必要があるものであった。彼は『マーディ』の中で次のように書いている。

君は自分が三千年も前に生きていたと言われたら信じるだろうか？　・・・信

じないだろう。だが、このぼくは、ノアの大洪水がひくところにいあわせた。大地から水を拭いさり、最初の家を建てるのを手伝ったのだ。イズラエル人《びと》とともに、荒野で気絶せんばかりに苦しみもした。ソロモンが彼以前のすべての裁判人《さばきびと》を凌ぐ智恵を見せた時にも、その宮廷にいたのだ。

マネトン（紀元前三世紀。エジプトの歴史家）のエジプト神学に関する著作は、今は失われているが、後世に明かすべからざる秘密や経典正書に逆らったことどもを含むかどであれを禁書にしたのも、実はぼくなのだ。（『マーディ』九七）

たしかにメルヴィルはそういう人物だった。

私は『白鯨』(一〇九)のことを、旧約的摂理の本と名づけておいた。キリストの摂理は、第一のアダムにとって無用であっただろうが、メルヴィルにとっても同じように無縁のものであった。

ホーソーンは正しかった。メルヴィルは信仰なしで安んじていることはできなかった。神をもたねばならなかった。『白鯨』では彼は神を一人もった。それを私は旧約「ダニエル書」の言葉をかりて「日の老いたる者」と前の章で呼んだ。メルヴィルの仕事は巨人の仕事であった。新しい神を創ることであった。そうするためには、エイハブ同様反キリスト（「ヨハネ第一の書」二・一八）になることが、メルヴィルには必要なことだった。今日のわれわれとおなじように、メルヴィルもキリスト教にとり囲まれて生きていたのだから。エイハブを否認した時、彼は日の老いたる者を失った。そしてキリスト教世界が、彼に襲いかかってきた。しかし彼は自分のなすべき仕事をなしとげてしまっていたのだった。

神としてのキリストは、メルヴィルの視界《ヴィジョン》を矮小化した。人間としてのイエスということになると話はまた別である。彼は、決して神も宗教も寛大に認めるという境地には達しなかった。ただ屈服しただけである。その結果は、創作の面からみると、彼のもっていた神話を造る力が抑圧されるということになった。『白鯨』以後の作品が証拠である。メルヴィルはダンテとは対照的であった。彼がキリスト教の世界で想像力を働かせようとした時──『ピエール』で初めてやってみたのだが──その結果は見るも無惨なものであった。『ピエール』はキリストの三段論法である。「ぼくはこの世を憎む（二二・三）」『信用詐欺師』『クラレル』『ビリー・バッド』は、その三段論法から生じる連鎖推理である。
メルヴィルも彼の肉をもって償いをした。彼がキリストに自分の神話を奪われた時、彼に残されたものは、人間としてのイエスであった。そして四〇年間を費やして、彼はイエスを自分の愛することのできる人間の姿で表現しようとした。しかしメルヴィルが愛を求めてむかった相手は、彼に顔をそむけた。最初は母が。次には妹のオーガスタも彼を捨てて聖書にむかった。ホーソーンも日記にハーマン・メルヴィルのシャツはあまり清潔とは言えないという主旨のことを書いた（一八五六年八月二一日）。メルヴィルがピエールを書くまでに、性は彼にとっては「麦わらの王冠をかぶった白痴」になってしまっていた。死んだ年にこんな詩を発表している。

いかなる宇宙の戯むれ、無秩序の手抜かりが
完全な一体の人間をひき裂き
その破片を生命の門を通じて投げたのか？(*六一〇)

『白鯨』の後でメルヴィルに残されたのは『クラレル』の中で「男に対する男の優

しい夢」（二・二七・一二六―七）と呼ぶイエスのイメージのみであった。
エイハブの後では、彼の描く男たちは弱小化する。彼らは、ピエールのような抽象的存在か、もしくはビリー・バッドのような中性的人間である。バートルビーは例外だ。彼は『白鯨』の中の大工とおなじく、メルヴィルの手で詳しく分析され、生命を与えられている。ベニート・セレーノ（＊七）も例外だ。その他の男たちは、イエス、「優しい、男女両性を具有したキリスト」の肖像である。彼らは「半分に割られた甘い林檎」（『クラレル』一・三二・五六）のように、おたがいに合体したがっている。

われわれの心を一つに結ぶ
うちとけた話の後だったら――ああ、ぼくを弟と呼んで下さい。
こう叫びたくなるほど彼の情熱的な気持ちは女にまがうものであり
その切望がみたされぬかぎりは
ほかのいっさいのものを抗い拒んだ。（二・二七・一〇八―一一）

『クラレル』に登場するヴァインの性格は、公分母である。彼は「情念のしみ一つなく」

（一・二九・一五）内気でもの憂げで、「アダムのひそかに隠している肉体」（一・三二・四六）のうちなる欲望の悪魔に抵抗してきた（二一）「無口な」男である。エイハブの太平洋は、ソドムの湖と矮小化してしまった。

男たちは肉体的にも欠陥がある。それも、肉体に対するメルヴィルの復讐といったおもむきの卑小な傷つき方であり、エイハブが根源的な力の巨大な闘争をいどんできたからというので彼を不具にし、彼に烙印をおした神々や鯨のやり方とは大違いである。『クラレル』においてヴァインの分身《ダブル》のチェリオ（二二）はせむし、「体はおれかがみ、背中には瘤のある」人間である。『信用詐欺師』の黒人の乞食はミシシッピー川の蒸気船の甲板上をせむしのふりをしてはいずりまわる、ピップを醜くしたような存在である。そしてまた彼らの系譜の最後に立つ者、イシュメイルの後身とも言うべきビリー、愛称ベビー・バッドという青年は、吃りである。吃りという点が筋の上で肝心なのだ（二三）。うまく口をきけないので、自分を告発した先任衛兵伍長クラガートのことを、拳で一撃して殺してしまうのである。

いっさいは結局のところ咽喉の、発話能力の問題なのである。イエスが彼の声を奪ったのだ。『白鯨』の作者は、秘やかなるもの、黙《もだ》せるものを、愛してくれる者がいなかったために己の血肉と化してしまったものを、重んじるようになったのだ。アメリカのエリザベス朝人メルヴィル(一一四)は、最終的にはモーリス・ド・ゲランなる男の次のような意見に賛成することになった。

　自らの内なる全宇宙を示すことよりも、自分自身と自分の考えとを巧妙に秘密にすることの中により多くの力と美とがある。

メルヴィルは一八六九年にこの文を評して「今日もの考えるほどの人間なら誰しも感じたことがあるにちがいない真理を、まったく適切に述べている」と書いた。『信用詐欺師』においてメルヴィルがキリストその人を登場人物として用いた時には、白い鹿皮を着せ——そして**唖者**とした。

五六年の日記のエピローグ　聖地からギリシャに向かう途中、キプロス島沖で。メルヴィルは、この波間からヴィーナスが生まれたと言われているが、しかしそれを信じるのは、「オリーブ山上に立った時に、キリストがここで立ち上がった（ルカ二二・四五参照）と考えるのとおなじように不可能だ」（一八五七年二月二日）と書く。『白鯨』の中で、太平洋の隠された性質とは何かを分析したおりに、「その穏やかでしかも恐ろしい浪うち」を、「言い伝えによれば福音の聖ヨハネを埋めたエペソの土が揺れ動く」（一一二）のにたとえたことがあった。今パトモス島沖では「聖ヨハネがここで黙示をうけたということは、合点がゆかない」（一八五七年二月五日）と書く。

いっさいの否認。彼は方向を転換していたのだ。西に赴き、以後世にあるかぎり自分の挫折を忍んだ。

最後の事実

最後の事実

日記『ジブラルタル海峡を通って』の原稿となっている二冊（二一五）のノートブックの二冊目のおしまいころには、覚え書きがとりとめもなく記されているが、それは次のような目的で書き留めておいたものだとあたりをつけることができる。

（一）　物語のためのものだが、けっきょくそれは書かずに、詩にしたもの。

（二）　帰国後三年間生計のたすけとするためにせねばならなくなるこの旅行についての講演の資料として。

（三）　『クラレル』を書くための資料として。

こういった覚え書にまじって、他の書きこみとはまったく関係のない、日々の記録でもないし晩年の作品にも利用された痕跡もないタイトル、名詞（あるいはこれもタイトルかも知れない）、そして名前が、次のように三角形に書き込まれているのが見つかる。

「エクリプス（二一六）」

「洪水の後のノア」　「ナン」（タケット）のポラード船（長）

第五部

ノア

コンスタンスに捧ぐ（一一七）

結論　太平洋の男

ボイオーチアーの漁師でグラウコスという名の男が、浜辺にうち上げられてあえいでいる魚を生き返らせる薬草を発見したというキリスト紀元以前の話がある。彼は自分でその薬草を食べてみたところ、半人半魚という海の住人に変えられたという。メルヴィルは、自分の真の生活は太平洋から戻ってきたときに始まったとホーソーンに語った(一一八)。

『白鯨』
一一一章
太平洋

バシー諸島のそばの海面をすべるように通り過ぎ、われわれはついに大いなる南洋に出た。ほかに心奪われるものがなかったとすれば、いまやわが青春の長き夢がかなえられたのだから、私はこの親愛なる太平洋に無限の感謝をこめて挨拶を送っていたことであろう。浪静かなる大洋は、ここから東に向かって何千リーグも蒼蒼とうねっている。

この海にはなにか分からぬが、うるわしい神秘がひそみ・・・(『白鯨』一一三)

[太平洋は**ハーマン・メルヴィル**にとって]

(一)たいていのアメリカ人がメルヴィルよりも百年後の今日ようやく乗り出しかけている**空間**《スペース》の経験であった。ロシアが大陸の涯しなさの感じを人に与えるのとおなじように、太平洋も海の涯しなさの感じを与える。太平洋は陸地の**中核地域**《ハート・ランド》の双生児にして競争者、**中核海域**《ハート・シー》なのである。

太平洋はアメリカ人にとってはロッキー山脈の東方に広がる大平原のコピー、二〇世紀の大いなる西部である。メルヴィルには、この二つのものの関係がよく分かっていた。あるテキサスの画家がブリタニーに腰をおちつけ、フランスの漁夫と大西洋とをキャンバスにうつすことに一生をかけた。しかし色、動き、実体はけっきょく平原というかたちをとってしまうのだった。描く絵も描く絵も、海という紗幕《スクリーン》を通してみたパンハンドル地帯（一一九）の絵になってしまったという。

空間は執拗にアメリカ人につきまとい、心の中に入りこみ、彼らからはなれない。それが外面から見た事実である。それが眼に見える形をとった場合の基本は**橋**である。この世界に現れた順に並べてみよう。快速帆船、幌馬車、国道、鉄道、飛行機。今日では太平洋には**航空母艦**。弾道。われわれは空間を超えなければならない。さもなければ枯死してしまう。

［例外］飛行機。これは空間の経験ではなくて、［時間］の経験である。［スピード］が飛行機の価値なのだ。垂直運動はまだ願望の領域にある。飛翔はダイダロス（一二〇）やダ・ヴィンチが想像したような征服ではないと判った。われわれは人間として（やむを得ないことなのだろうか？）アンタイオス（一二一）のような存在である。陸地や水域に触れているかぎり、**体重も力も**保っていることができる。メルヴィルは太平洋によって保っていた。

(二二)「**過去を理解すること**」、それは彼にとっては精神と始原とを結合することであった。太平洋は彼にとってのアトランティス(二三)、埋もれた地となってしまった。太平洋は「父」であった。アメリカ、「新たに建設されたカリフォルニアの街々」(『白鯨』一一一)よりも古いのは言うまでもなく、アジアやユダヤ人の始祖アブラハムよりも年老いた父であった。

　かくしてこの神秘で神聖な太平洋は、世界の全胴体を帯のようにとりまき、あらゆる岸辺を統合しておのれの湾とし、その潮騒は地球の心臓の鼓動のようにひびく。この永遠の浪のうねりにもち上げられる人は、ここに神の蠱惑を認めざるをえず・・・(同上)

ホメロスにおいては、創世の神は「大洋の流れ《オーケアノス》」であった。ギリシャ神話では、クロノスの生殖器が息子により切りとられ海中に落ちた後に、エーゲ海の潮流の泡からヴィーナスが生まれたという。

エイハブの父を発見するために、イシュメイルは、エイハブという表土よりもはるか下に降らねばならなかった。メルヴィルが二一歳の時捕鯨船アクシュニット号で南海に航海したときもおなじ主旨の探求であった。太平洋は、黒人小僧ピップが溺れたとき（『白鯨』九三）とおなじく、メルヴィルのことも、「彼の受動的な目の前を、まだ歪曲を知らぬ始原の世界の不思議な物影があちらこちらと流れている驚くべき深い底に」（同上）つれて行った。『白鯨』のなかでメルヴィルは「大洋の最深部の骨格」（九）について語っている。

手をのばして地球の骨格、肋骨、骨盤というべきものをまさぐること、これは恐るべき仕事ではないか。（三二）

別の場所、「鍍金師《めっき》」の章で、彼は太平洋のありさまについて筆をはしらせ、凪のときはどんなに陸に似たありさまかを述べた後で、とつぜん叫ぶ。

棄て児の父はどこに隠れてしまったのか？　われわれの魂は未婚の母が産褥で

死んだ孤児のようなものだ。だれが父かという秘密は、母の墓の中にあり、それを知るためにはわれわれもまたそこに行かねばならない。

海底深いところ、ピップが「神の足が織機の踏台におかれているのを見た」(九三)場所に、メルヴィルはエイハブの「暗鬱な祖宗」と国家の秘密とを見いだしたのである。ピップが水面に浮かびでたときには気が狂っていたが、メルヴィルはおのれの想像力に憑かれていた。太平洋は彼に長子権を与えたのであった。

エジプト人の信仰によると、オシリスは息子のセトによって四肢を切られ、ナイル川に葬られて、泥とともに地中海に運ばれたのちにはじめて、永遠の王、冥界の主《あるじ》、そして彼の主要な役割である死者の統治者となることができた。ノアはヘブライ人のオシリスである。したがってエジプト人たちが「これぞその名を口にできぬ者、秘教のオシリス、年ごとにもどりくる洪水から生まれる者の姿である」と言ったのとおなじことがノアにも言える。『マーディ』のなかでメルヴィルは書いている。「自分の存在しなかった時代のことをだれが思い出すだろうか? われわれ自身にとっては、自分は天地創造と同時代の者のようにも思えるのだ。ノア王がわれわれすべての父な

（一一三）のだ」。メルヴィルは太平洋という洪水を経験した後で、死者は人類のすべての祖先であり子孫でもあると考えた。太平洋が春の**祭祀**のくりかえし方を教えてくれたのである。不断の潮の干満は、彼の思いを過去の伝承へと馳せさせた。

この海の大牧場、うねうねと続く広漠たる水の大草原、四大陸の共同墓地たる太平洋の水面《みなも》では、休むことなく浪が高くなり低くなり、（潮は満ち、潮は引く）、これになんの不思議があろうか。ここでは、幾百万もの翳《かげ》りと影、海の藻屑と消えた夢や夢中遊行、幻想の数々——われわれが生と呼び霊と呼ぶすべてが沈み、夢み夢み続けてやまず、寝床でまどろむ者のように輾転反側しており、永遠の浪のうねりはまさしくそれらの不安によってひきおこされているからである（一一四）。

彼が子種を発見したのは、沖アミの牧場（五八）においてであった。

（三）太平洋はまた、**未来**を確認する場所でもある。われわれはコロンブスと彼の発見の意義の大きさを知っている。だがマゼランによる太平洋発見の重要性はまだ算定しきれずにいる。三千年の歳月が流れたが、まだ太平洋の恩恵は完全に効果を発揮してはいない。

まず第一に経済史。一五世紀の地理上の発見までは、地中海が世界の中心であった。商業の基盤は地中海東方地域《オリエント》の香料と美麗な品物であった。運搬できる量が限られているところから、高価でかさばらない贅沢品の交易であった。香料は中世の粗末な食事に変化をあたえ、味をよくした。美麗な品は快楽の欲求、美に対する渇望、そして誇示したいという望みを満足させた。ヴェニスが、次にはフローレンスが中心都市となった。

コロンブスは、西に向かって航海すれば東洋《イースト》が発見されるだろうという理論にもとづいて行動した。彼は大西洋を世界の中心にした。一五〇〇－一八〇〇年の重商主義時代がそれに続いた。イギリスに革命が起こったのも、大西洋が地中海にとって代わったためである。イギリスが世界の中心に位置することになった。バルト海と地中海の中間にあり、新大陸の方に向かっている。

太平洋とともに**新しい歴史**が始まる。メルヴィルによれば「それは世界の水域のもなかでうねり、インド洋と大西洋とはその両腕にすぎない」（一一二）。一九世紀における太平洋への進出――メルヴィル自身もその一翼を担ったわけだ――が、三度《みたび》大きな変化をもたらした。

　メルヴィルはこの変化をアメリカ人として感じとった。アメリカは、アジアの岸辺に達したとき、はじめて完全な西部をもつことになると知っていた。彼は捕鯨者のファニングやデラノウ、その他の先駆者たちとおなじく海の開拓者であった。(一二五)チャールズ・ウィルクス提督と彼の指揮する探検船隊の太平洋探検（一八三八―四二）と時をおなじくして太平洋にいたのであった。のちにペリー提督が日本開国記を書く作家を求めたときには、ホーソーンがメルヴィルを太平洋の男として推薦した。

　さきほど太平洋では三千年の歳月が流れたと書いたが、それはホメーロスまでさかのぼるつもりだったからである。主人公としてユリシーズを使用するその方法の発展は、経済史上に起こったことと併行関係にある。

　ホメーロスは、地中海文明をうんだ神話世界の終わりにいる。しかし彼はユリシーズの中に、次におこるべき西欧文明の原型を投影した。それは未来をさきどりした創造行為であった。

　ホメーロスの世界は、アナクシマンドロス(一二六)の地図によれば、尾を口にくわえた蛇のような形に周りをとり囲んでいる大洋《オーケアノス》の川によってぴったりと締めつけられている。しかし『オデュッセイア』のなかでは、ユリシーズはすでに境界をつき破ろうとし、外へ出る口を探している。ホメーロスは、彼の主人公《ヒーロー》に来たるべき人間の本質的な性格、「探究心をもち自分のことは自分で責任を負う個人」という性格を与えた。

　われわれは忘れているが、紀元前二百年までにはすでに、西欧思想の範囲というものは多かれ少なかれ決まっていた。地中海世界はすでに生まれていた。アテネ人たちは、アテネの海港ピレウスの忙《せわ》しない波止場や野卑な商取引についてこぼしている。行動の範囲もすでに調べ上げられていた。プラトーンは、アトランティスのあった場所を、ホメーロスの世界の涯、ヘラクレスの柱(一一七)の外側だと言っている。

　すでに千四百年までには、ダンテの作品中でユリシーズが再び予言者的な役割を担うこととなった。彼はすでに大西洋の男である。「地獄篇」で彼はコロンブスに似た大航海者として乗り組みの者に語りかける。

「諸君」と私はいった。「百千の危険を冒し、諸君は世界の西の最果てに来た。もはや余命の長くはない諸君が、その短い夕暮の一刻を惜しむあまりに、日の当たらぬ人

なき世界を探ろうとするこの体験に参加を拒みはしまいと信ずる。（二六・一一二―一一五）

彼は乗組みの者を意に従わせ、西へと無理に連れて行く。ヘラクレスの柱をぬけ、赤道をこえ、大西洋をわたること五箇月、新しい陸を見出したと思うや、そこに着くいとまもあらず難破して溺死した。

「天堂篇」の終わり近くで、第七天から俯瞰すると、地球の姿はまことに小さく、われわれが見る月の表面とおなじように地球の表面もおぼろにかすんでいるが、その表面にダンテは一つの点――西方への入り口、ヘラクレスの柱を認める。（二二八）彼の最後の一瞥は、コロンブスが可能なものとするあの未来への入り口にそそがれていたのである。

第三のそして最後の、ユリシーズ的な長い放浪の冒険は、エイハブがなした。大西洋はすでに横断され、新大陸アメリカの存在も知られ、西洋が東洋へと回帰するホーン岬には夢の破滅が横たわっていた。太平洋は、ホメロスとダンテのユリシーズが人類の眼をひらかせた**未知**の終焉である。自分の行為の責任は自分がとる個人の**終焉**である。エイハブは終止符なのだ。

ポルピュリオス(二一九)は、心の中に存在するイメージは水から生じると書いた。

メルヴィルと『白鯨』の生み出した三大創作物は、エイハブと太平洋とモウビ・ディックである。

父なる大洋の子は変幻自在の予言者プローテウスである。(二二〇)彼は蜂のことをくよくよしている俗物アリスタイオスを避けるために、最初は火、次には洪水、最後にはものすごい海獣に変化した。

註

番号の前に＊をつけた註はオールソン自身のものである。

（一）一バレル（樽）は、約百二十リットル。メルヴィルによると巨大な抹香鯨からは百バレルほどの鯨油がとれる。現在捕鯨反対を唱えている西欧人が単に鯨油をとるために捕鯨を行なっていたということは忘れられてはならないであろう。

（二）ニュー・メキシコ州にある約一萬一千年ほど前の旧石器遺跡。ただし洞窟ではない。

（三）フランシス・パークマン（一八二三—九三）は歴史家。セント・ルイスからワイオウミングにかけて行なった探検の記録『オレゴン・トレイル』（一八四九）で知られている。

（四）フランス人ラサール（一六四三—八七）は、北米大陸の探検家。カナダとの境からミシシッピーを下りルイジアナまで、広範囲の探検をなしとげた。

ジョージ・ドナーの率いる八七名の一行はイリノイ州からカリフォルニアに移住しようとして、カリフォルニア州シエラ・ネヴァダ山脈の峠（今日ドナー・パスと呼ばれている）で大雪のために動けなくなり、糧食がつき、約半数が死亡、残ったものは生きるために死者の肉を食べた。一八四六—七年のことである。

（五）『白鯨』一〇四章。以下作品の引用は章の数字のみを括弧内に記すことにする。シェイクスピアの戯曲は、幕・場・行で出典を示す。他の作品についてもこれに準拠する。
（六）『白鯨』は一八五一年、『わが名はイシュメイル』は一九四七年出版。
（七）メルヴィルには二男二女がいた。長男は一八歳の時ピストルを手にして死に（自死だという確証はない）、次男は三五歳で結核でなくなった。二人の娘は幸せな結婚をして生き残り、孫娘たちが祖父についての資料を保管・整理し、語り手になった。
（八）アメリカの代表的な辺境の男デイヴィ・クロケット（一七八六―一八三六）がアーカンソーの住民について言った言葉とされている。
（九）デイヴィ・クロケットと同じく辺境人の代表。（一七三四―一八二〇）ハロッド（一七四六―九二）もケンタッキーの開拓者。
（一〇）スペインの哲学者（一八八三―一九五五）。引用は『大衆の反逆』より。
（一一）アメリカの美術史家（一八五三―一九〇八）。明治期の日本文化を海外に紹介したことで知られる。美術の紹介者として広く知られているが、彼が平田禿木らの援助を得て英訳した能・漢詩も大きな関心を呼び、詩人エズラ・パウンド（一八八五―一九七二）などの創作に影響を与えた。オールソンの言及しているのは『詩の表現媒体としての漢字』。
（一二）旧約聖書「創世記」一六章参照。神に祝福されたイズラエル民族の族長アブラハムは妻サライによっては老年まで子供をえることができなかったので、妻のすすめでいれた側室ハガルにより男の子をえた。ハガルが妊娠したときに天使が来てハガルに以下のように告げた。

「今あなたは身ごもっている。やがてあなたは男の子を産む。その子をイシュメイルと名付けなさい。主があなたの悩みをお聞きになられたから。彼は野生の驢馬のような人になる。彼があらゆる人にこぶしを振りかざすので、人々は皆彼にこぶしを振るう。彼は兄弟すべてに敵対して暮らす。」本来は彼と彼の子孫を指すが転じて社会にいれられない者を指す。『白鯨』の主人公が冒頭で「わが名はイシュメイル」と名のるときもそういう気持ちをこめている。

（一三）一八七〇年代に活躍したと伝えられる伝説的な、超人的黒人労働者。しばしば民謡などに歌われる。次の引用もその中の一つの最終行。

（一四）アナカシス・クロゥツ（一七五五—九四）はドイツの貴族。フランス革命に身を投じた熱狂的な人道主義者。『白鯨』二七章の乗組みの者の描写で言及されている。トマス・ペイン（一七三七—一八〇九）はイギリス生まれのアメリカの思想家。その著『コモン・センス』は独立の機運をつくりだすのに大きな役割を演じた。

（一五）船長や航海士のような高級乗組員をのぞく平水夫は、前甲板にいた。『白鯨』の捕鯨船ピークオッド号には黒人、インディアン、南海の出身者、拝火教徒、中国人、イタリア人、スペイン人等各国人種が乗り組んでいる。

（一六）海中に投じて、船首を風上に保ったり漂流を防いだりする帆布製の抵抗物。

（一七）獲物に刺さると十字に開く爪のついた銛。

（一八）イギリス人。一六八六年マサチューセッツ、メインなど広範囲にわたるニュー・イングランド植民地総督になったが、苛酷な政策をとった。一六八八年本国で名誉革命が起こると、植民地人にとらえられ送還された。

（一九）ジェイムズ・トラスロウ・アダムズ『革命期のニュー・イングランド』（一九二七）からの引用

（二〇）マサチューセッツ州の町。レキシントンの戦いは一七七五年四月一九日。ブリーヅ・ヒル（隣接するバンカーヒルの戦いとして記憶されている）は同年六月一七日。したがって二週間後というのは間違い。

（二一）前者はニューヨーク州の、後者はマサチューセッツ州の一九世紀の捕鯨基地。なおすぐ後で言及されるニュー・ベッドフォードも同州の捕鯨基地。ナンタケットとニュー・ベッドフォードは『白鯨』に舞台を提供している。

（二二）『白鯨』一六章も参照。なお次の文でクウィークウェグを第二の銛手としているが、第一の銛手である。

（二三）不詳。後出の船大工の下船したマウイーも不詳。

（二四）一尋は約一、八メートル

（二五）往訪については『白鯨』の五三章に詳しい。二隻の捕鯨船が洋上で出会ったときに、乗組み員が相手の船を訪問し合って交歓することを意味する。

＊一　今まで公表されたことのないこれらの書きこみを出版することができたのは、本を現在所有しているパーク・ブラウン氏の好意のおかげである。

二人の友人、ニュー・ベッドフォードのトリップとナンタケットのスタックポールに、アクシュニット号とグロウブ号だけでなくエセックス号に関してもいろいろな疑問を提起した。彼らは親切な助言を与えてくれた。また最後にナンタケットを訪問したときの、ウィル・ガードナー博士夫妻の好意にも感謝する。（訳者付記）なお以下の三箇の見出しと文もメルヴィルによるものである。

（二六）次の引用から考えて一八五二年七月というオールソンの推測は間違っている。

（二七）ジョン・キーツ（一七九五―一八二一）はイギリスのロマン派の詩人として屈指の一人。詩人ジョン・ハミルトン・レノルヅ一家と親しく交際していた。ジェインはジョンの姉。

（二八）エヴァート・ダイキンク（一八一六―七八）は弟ジョージ（一八二三―六三）とともに民主党よりの有力な文芸誌『リテラリ・ワールド』の編集者。民主党に関係の深いメルヴィルには好意的であった。メルヴィルをホーソーンに紹介したのも彼である。

（二九）十〜十三世紀頃活躍したアイスランドの宮廷詩人たち。ヴァイキングの英雄たちを主題にした「サガ」が残っている。

（三〇）ダールバーグ（一九〇〇―七七）はアメリカの文学者。オールソンは『わが名はイシュメイル』の原稿をこの先輩に見せて、助言を得ている。「高貴な生まれの者の窃盗は、独創性だ」という言葉は評論集『これらの骨は生き返ることができるか』（一九四一）に記してあるオールソン宛ての献辞の中にある。

（三一）シェイクスピアの『冬の夜話』に出てくる行商人を装った陽気で憎めない泥棒。

（三二）一八四九年一〇月六日付の手紙。

（三三）鯨の脂肪層。これを煮て鯨油をとる。

（三四）ナサニエル・ホーソーン宛一八五一年六月一日ころに書かれたと推定される手紙の中の言葉。

（三五）註（三二）と同じ書簡。次の二つの引用も同じ書簡から。

（三六）註（三四）と同じ手紙の引用。

（三七）以下にオールソン自身も書いていることだが、『リテラリ・ワールド』誌の一八五〇年八月一七日号と二四日号とに掲載されたメルヴィルの評論「ホーソーンとその『苔』」。ホーソーンの短編集『旧牧師館の苔』（一八四六）を読んで感激し、情熱をもって一五歳年長の先輩作家を讃えるとともにシェイクスピアを語り、隠約のうちにメルヴィル自身の思想をも語っている重要な評論。今後本文でオールソンは「苔」と省略表記しているので、訳もそれに従う。

（三八）『白鯨』一一六章。

（三九）「苔」でホーソーンの自画像だとして短篇「情報局」の中に姿を現す人物についての描写を引用している。
（四〇）七章「風下の岸」が彼に捧げられているが、以後は作品に姿を現さない。
（四一）エヴァート・ダイキンク宛一八四九年二月二四日。なお現行の全集に従って、オールソンの誤読を訂正してある。

＊二　謝辞　メルヴィル関係者は世にもまれな親切な人たちである。ここで謝辞を述べておきたい。メルヴィルの孫エリナー・メルヴィル・メットカーフと彼女の夫ヘンリー・K・メットカーフに。この二人に関して言えばシェイクスピアは単なる始まりであった。あらゆるメルヴィル関係の資料を私のものとしてくれた。一家の一員として遇してくれた。メルヴィルの伝記をさいしょに書いたレイモンド・ウィーヴァーと、もう一人の真の伝記執筆者ヘンリー・A・マレイに。この二人は私にとって気前よく資料を提供してくれる友でありつづけた。そしてごく初期にメルヴィルの真価をみとめたカール・ヴァン・ドーレンとヴァン・ワイク・ブルックスに。彼らは私を支持しつづけてくれた。シェイクスピア戯曲集とメルヴィルがその中にした書きこみの使用に関しては、メルヴィルのもう一人の孫フランシス・オズボーン夫人に感謝したい。

（四二）シロはパレスチナにあった町。旧約聖書「出エジプト記」に記してある神とモーセの契約の箱と幕屋のあった地。しかしここではヘブライ語で救世主につける形容辞、ひいてはキリストを指している。

（四三）山上の垂訓は新約聖書「マタイによる福音書」五章「心の貧しい人々は幸いである。天の国はその人たちのものである」に始まる有名な箇所。なおメルヴィルは聖書の中でも特にソロモンが書いたとされていた旧約聖書「伝道の書」（「コヘレトの言葉」）を愛読していた。

（四四）一八四九年三月三日付け。

（四五）魔術には悪魔の力を借りて非望をとげる黒魔術と、よい目的のために用いられる白魔術とがある。

（四六）アルジャノン・スウィンバーン（一八三七―一九〇九）はイギリスの詩人、文芸批評家。オールソンの言及しているのは、彼の『シェイクスピア研究』（一八八〇）三章の言葉。

（四七）プロスペローを領国ミラノから追放した彼の弟、その息子およびその家来たちに、ただ一人彼に忠実だった家来が加わった一行を見て、プロスペローの娘で孤島育ち、父以外の人間を見たことのないミランダが叫ぶ台詞。

（四八）以下のシェイクスピア劇の指摘箇所。
『アントニーとクレオパトラ』一・二・一九二―四および一・四・四〇―四四

ない。
『トロイラスとクレシダ』三・三にあるが、ここにはメルヴィルはなにもチェックをつけてい
『リチャード二世』四・一・二八〇
『ヘンリー五世』二・二・一三八―四二
『ハムレット』三・二・二二七―一九

（四九）第一の堕落とは「創世記」にあるアダムとイヴの原罪である。それをひきあいにだして「どんなイヴ、どんな蛇がお前をそそのかして／呪われた人間に第二の堕落をさせようというの？」（三・四・七五）という王妃の台詞にメルヴィルは×印を付けている。従ってリチャードにとってというのはオールソンの記憶違い。なお同じ主旨の言葉は『ヘンリー五世』二・二・一三八にもあるが、そこにもメルヴィルは下線をほどこしている。

（五〇）軍艦の世界を描いた『白ジャケツ』に登場する実在の士官。ジャック・チェイスとは再会できなかったが、裏切られたという記録はない。なお次の「葉陰に隠れるブドウのように」は、次に引用される詩「哀歌」の最後の行のもじり。この詩は一八九一年五月出版の『ティモゥレオン』に収められている。ちなみにメルヴィルは同年九月一八日に死去した。オールソンは二つのスタンザから詩の第一スタンザのみを引用しているが、その五行目が脱落しているのを訳文では補った。この「哀歌」がホーソーンの死を悼むものだというのは、一種の定説になってはいるが、確証はない。

（五一）『アセンズのタイモン』四・二・三三

（五二）シェイクスピアがこの劇を書いたときにはプルタークの『対比列伝』のなかのタイモンの話を参考にした。

＊三　この章はこのタイトルで雑誌『トゥワイス・ア・イヤー』に発表したものを補筆・改稿したものである。

（五三）『リア王』一・一・二三八参照。

（五四）エマンドはリアの式部官長グロースターの庶子である。英語では牧師により神に認められた結婚から生まれた者ではない、人間が天性もっている情欲に従って生まれたという意味で庶子を natural child ということがある。この natural child、あるいは私生児・孤児にたいするメルヴィルの関心は終生続いている。イシュメイルも父に捨てられた人間であるし、絶筆『ビリー・バッド』の主人公も捨て子である。

（五五）リアに忠義なグロースターは、リーガンの夫コーンウォル公に両眼をくりぬかれる。そのときのコーンウォルの台詞。

（五六）『リア王』のクライマックスと言うべきこの嵐の場面に、メルヴィルは数多くの書きこみをしているが次にオールソンが引用するリアとグロースターの短い台詞には書きこみをしていない。

（五七）オールソンが引用している以外にも全集の遊び紙には「上記の霊魂は云々」「丘の上での誘惑というのはどんなものであろうか」などという悪魔との契約を連想させる言葉が書いてある。現在ではノースウェスタン・ニューベリー版の全集六巻で読むことができる。

（五八）「仔羊」は「神の仔羊」であるキリストを連想させる言葉である。

（五九）カントによれば「悟性」は概念的・推論的能力、制約を受けている者の認識能力であり、「感性」によって与えられた素材を自己の形式に従って整理し対象を構成する能力、自然科学的な認識を成立させる主観的根拠である。一方「理性」は、悟性作用を統一・体系化し、また制約をうけぬ者として、悟性の越権を防止統制する能力である。推論的認識能力を意味する悟性にたいして、「理性」は超覚的認識能力である。サミュエル・テイラー・コールリッジ（一七七二―一八三四）はイギリスの詩人・批評家。なおメルヴィルはコールリッジの著書の愛読者であった。

（六〇）セレニアという理想国の老人の言葉。キリストのことをアルマと呼んでいる。

（六一）古代バビロニアの南部。魔術発生の地とされている。

（六二）船の喫水面下の作業をするときに用いられる頑丈な箱。その中に人が入って作業する。

（六三）イライジァは旧約聖書「列王記　上・下」の予言者エリアの英語読み。この男の言うことが、聞く者に五里霧中の感を与える曖昧なものであるということと、イシュメイルが二度目に彼と会うのは霧の朝（二一八）であるということをかけている。

（六四）クリストファ・マーロウ（一五八四—九三）はイギリスの劇作家・詩人。『フォースタス博士』（九二?）はファウスト伝説を扱った傑作。

（六五）フォースタスの最後の台詞に「見ろ、見ろ、大空にキリストの血潮が流れている！　あの一滴さえあれば、おれの魂は救われる。いや、半滴でもいい。おお、主よ、キリストよ！」という言葉がある。

（六六）プライドはキリスト教においては七つの大罪と言われるものの中でももっとも重い罪である。

（六七）鯨を見張るために檣頭にある横木に登ることに関しては、三五章「檣頭」を参照。

（六八）エリザベス朝演劇における道化《フール》は、ほんとうの愚か者の場合もあれば、愚かな行為をして君主の笑いをえるが、実は愚かでない者もいる。『リア王』の道化は後者である。

（六九）イギリスの詩人チョーサーの『カンタベリ物語』（一三八七?—一四〇〇）の中の「修道士の物語」からの引用。

（七〇）メルヴィルの「モンテーニュ主義」とは、簡単に言えば「相対的なものの観方」ということである。『ハムレット』（二・二・二五〇—七三）のハムレットとローゼンクランツ、ギルデンスターンの会話

ハム「・・・ものの善悪は考え方一つで決まる。僕にとっては牢獄さ。」

ロー「そりゃ、ご理想のせいでしょう。お望みにくらべるとこの国が狭すぎるのでしょう。」

ハム「とんでもない。胡桃の殻におしこめられていたって、無限の宇宙の主と思っていられるさ。もし悪い夢さえ見なければね。」

ギル「その夢がじつは理想なのです。理想の本体とは夢の影にすぎません。」

ハム「夢も影さ。」

ロー「ほんとうです。理想はあまりにも漠然としていて、影の影にすぎません。」

という箇所を含む部分にメルヴィルはサイドラインをひき「ここにはハムレットの偉大なモンテーニュ主義が強く示されている」と書きこんでいる。その考えが『ピエール』の主人公と彼の異母姉（と称する）イザベルとの次の会話に反映している。

「ピエール、あなたは善とか悪ということを口になさる。・・・いったい善とか悪の正体はなんなの。ピエール。まずさいしょに善とはなに。教えてください。」

「その点については神々でさえ沈黙をまもっているんだよ。どうしてちっぽけな人間に語ることができよう。風にでもお訊きなさい。」

「では、善とは無ということなのね？」

「いいや。」

「では、悪は？」

「いいかい、無というものも一つの実体で、それが一方には一つの影を、反対の方には別の

影を投げかける。一つの無から生じたこの二つの影こそが、僕には善と悪とに思えるのさ。」（一九巻二章）

もう一箇所はピエールがイザベルを救おうと決意したときに、机上の『ハムレット』のページをでたらめに開くと「この世の関節がはずれてしまった。なんたる悪因縁だろう、この僕がそれを直す役割に生まれてきたなんて」（一・五・一八八）という言葉が目につく（九巻二章）。メルヴィルによればハムレットの悲劇とは、行動の問題ではない、認識の問題なのである。父王の復讐という個人的な次元の問題を「この世の関節がはずれてしまった」という認識にまでおし広げてしまったところに彼の悲劇が胚胎していると言うのである。これはエイハブにもピエールにもあてはまることであった。他に七巻六章にも言及がある。

（七一）石灰を燃やすライム・ライトのこと。

（七二）ブルックス（一八八六―一九六三）。アメリカの批評家。『フリーマン』誌に一九二三年に掲載された「レビュウワーズ・ノートブック」からの引用。

（七三）『ハムレット』の墓堀の場がいちばん有名。そのほかシリル・ターナーないしトマス・ミドルトン作とされる『復讐者の悲劇』など。

（七四）四・一・二七六―八〇。メルヴィルはこの場面にサイドラインを引いている。エイハブが四分儀をたたき壊すのは一一八章。

（七五）ベン・ジョンソン（一五七二―一六三七）の喜劇の主人公で劇の題名ともなっているヴォ

ルポーニは強欲・好色な老貴族。劇の冒頭から彼の集めた金が舞台上にある。

（七六）悲しみであるところの叡智もあるが、狂気であるところの悲しみもあるのだ。ある人の魂にはキャッツキル山の鷲がいて、そやつはこの上なく暗くて深い谷間に舞い降りることもできれば、そこからふたたび舞い上がり陽のさんさんと照る虚空に姿を消すこともできる。（九六）

（七七）一七八九年ニューヨークにできたタマニー・ソサイァティは一九世紀になると民主党の支援団体になり、本部のおかれた会館はタマニー・ホールと呼ばれた。一八二八年には大統領選で、アイルランド系移民の子供、カロライナの辺境出身、正規の学校教育をうけたことのないアンドルー・ジャクソンを支援して当選させた。一八五〇年前後からだんだん市政を牛耳るようになり、やがては汚職政治の代名詞になった。メルヴィルは兄ギャンズヴォート（一八一五―四六）が熱心な民主党員だったので、彼も民主党よりの姿勢を保っていたし、民主党のつてを頼って五〇年代には猟官運動もするのだが、この書きこみでは衆愚政治におちいりかねない民主党の欠点を暴いている。

（七八）旧約聖書「出エジプト記」。エジプトで虜囚になっていたイズラエルの民を救いだし、神との契約により「十戒」を授かった。

（七九）ローマ神話の軍神マルスと美の女神ヴィーナスはまた、火星と金星のことである。劇中で二人はしばしばこの二神にたとえられている。

（八〇）「リチャード二世」（三・二・一六〇）

（八一）神聖ローマ帝国皇帝の戴冠式に用いる名誉あるものであるが、キリスト磔刑の釘が使われているという。エイハブの独白（三七）参照。

（八二）「リチャード三世」（一・四・二八）

（八三）アン・チャーターズの『オールソン／メルヴィル　親近性の研究』によると、オールソンは、イギリスの神話学者J・E・ハリソンの『古代芸術と祭祀』（一九一三）で、ギリシャ語で「儀式」を意味するドローメノンという言葉は「なされたこと」を意味するという文章を読み、それに触発されてこの単語を用いたという。同書の第二章には、犠牲の雄牛を殺し、その復活を祈る儀式の説明があるので、オールソンはその意味をもこめてこの言葉を選んだと考えられる。ハリソンはさらにこのドローメノンの考え方がギリシャ悲劇（ドラマ）の根底にあると考えていることも無視できない。なお、「第一の事実」などで使用されている「事実《ファクト》」という単語も語源をたどると「なされたこと」という意味であることをオールソンは意識している。

（八四）一〇四章参照。ローマ神話のサートゥルヌス（ギリシャ神話のクロノス）は、神々よりも前に世界の支配者であったとされている。その伝説については後出。そしてクロノスはまた、時としばしば結びつけられて考えられていた。

またサートゥルヌスは土星のことでもあり、土星の影響下にある人間は「陰鬱で暗い」が一方では「芸術・学問に秀でている」とされていた。

（八五）旧約聖書「ダニエル書」七・九—一〇参照。預言者ダニエルが見た夢を語っている部分に引用の言葉は出ている。日の老いたる者とは神のことだとも、キリストの予型（キリストを予示するもの）であるとも解釈されている。

（八六）フェニキアの王女エウローペーをユーピテルが白牛に化けて誘拐した。ここの譬喩は一二三章の文を少し変えたもの。

（八七）略年譜参照。彼が一三歳のときに父が商売に失敗し多額の負債を残して、正気を失った状態で病死。以来メルヴィルは父に見捨てられたという感覚をもち続け、父に見捨てられたイシュメイル、あるいは孤児、捨て子のイメージが彼の作品にはたびたび登場することになる。さらに彼が求めても見いだせない父なる神への複雑な感情が、上記の現実の父にたいする気持ちと絡み合い、それを増幅することになる。

（八八）『ピエール』では重要なイメージであるが、管見では——未刊の詩については不明だが——他の作品には出てこないのでオールソンの記憶違いかと思われる。註一〇五を参照。

（八九）アメリカの牧師（一七〇三—五八）。「大いなる覚醒」と呼ばれる信仰復活運動を指導する。説教「怒れる神の御手の中なる罪人《つみびと》」は神の絶対的な力と堕罪の恐怖を迫力のある言葉で説いている。

（九〇）ルネッサンス頃までの宇宙観・人間観では、すべてのものが土・水・空気・火の四つの要素からなるとされていた。ここでは「大自然」の意味。

（九一）『マクベス』（四・三・九八）への言及。次の「王国を主題とした」はおなじく一・三・一二九のマクベスの台詞。

（九二）この言葉はなににもとづくものか不詳。彼の名前は「生まれてまだ一二ヶ月にもならぬうちに死んだ、気のふれた、愚かで無知な、やもめの母親が気まぐれでつけた名前だ」（一六）というピーレグ船長の言葉が、彼の出生に言及した唯一の箇所であるが、この言葉からは、エイハブの父親も捕鯨船に乗組んで非業の死をとげたらしいと推測できるだけである。ただし後書きに名前をあげたアレンとフリードランダーは「人間というよりは悪鬼だ」（一三二）などいくつかの言葉を根拠としてあげているが、説得力は乏しい。

（九三）以下のエイハブについての言葉。スターバックの言葉とされているのはエイハブ自身の自省の言葉（一三二）、次のスタッブの言葉とされているのは、実はスターバックの言葉（一一八）。このあたりオールソンは思考の奔出にまかせて、テキストを見ずに書いていることが分かる。と同時に彼が長大な『白鯨』の文章をほぼすべて記憶していたと言うことの証左でもある。註（九五）参照。

（九四）アハブ（エイハブ）の没落を予言し、その予言通りになる旧約聖書最大の予言者の名前を自称する男。一九章に登場。註六三参照。

（九五）この箇所および次の箇所もオールソンの引用は原文と多少違うが訂正していない。

＊四　もう一人の「十字架と風車」（前記『これらの骨は生き返ることができるか』所収の『ドン・キホーテ』論のタイトル）の天才エドワード・ダールバグのために。もしも道化《フール》がこの本の中にいるならば、それは君が育ててくれたのだ。

君どうようメルヴィルも『ドン・キホーテ』を読んだ。彼が読んだのはきわめて重要な時期、君がした——と僕は思っているのだが——のとおなじく、地中海世界とキリストとに救いを求めていたときのことであった。彼は『ドン・キホーテ』を一八五九年九月に入手した。彼がマークをつけている箇所のうちの二つは、君も経験したことである。君にはとくに読んでもらいたいのだ。

サンチョ・パンザだけが主人《あるじ》の言うことをすべて真実だと信じていた。主人の人柄を知っており、生まれたときからの知り合いであったから。（一三）

もう一箇所は、哀れな騎士を落馬させてよろこんでいるサイモン・キャラスコの徒輩に対するドン・アントーニオの叫びである。

この世で一番滑稽なあの狂人を正気に返そうとしてあなたが犯した損害はとても許すわ

けにはいきませんよ。(五六)

*五　晩年四〇年間の主要な活動は次のようなものである。一八五一―五二年執筆の『ピエール』(一八五二)。雑誌『パトナムズ・マンスリ』に一八五三―五五年に発表され、『ピアザ物語』(一八五六)に収録された三つの重要な短篇「バートルビー」「魔の群島《エンカーンタ-ダズ》」「ベニート・セレーノ」。このうち「魔の群島」と「ベニート・セレーノ」では太平洋に後戻りしている。一八五四―五六年に書かれたと思われる小説で「仮装」という副題の『信用詐欺師』(一八五七)。

一八五六年一〇月から五七年五月にかけての聖地旅行。

一八五九年以降執筆の詩。四部からなる二巻本の物語詩『クラレル　聖地巡礼の詩』(一八七六)を含む。

それから散文に戻り、一八八八―九一年に執筆され、一九一九年に原稿が発見された短篇小説『ビリー・バッド』。

(九六)セアラ・モアウッド夫人(一八二四―六三)の一二月二五日付けの手紙。とうじハンガリーはハプスブルグ帝国の支配下にあったが、一八四八年に独立運動が始まり四九年にいちおう鎮圧された。

（九七）メルヴィルの妻の実家の姓。
（九八）エルサレムでの日記。一八五七年一月二六日。
（九九）エルサレムへの旅行記は、三冊のノートに乱雑に書き記されたものである。それをオールソンが記しているように、最初のメルヴィル全集の編者レイモンド・ウィーヴァーが編纂して『ジブラルタル海峡を通って』（一九三五）というタイトルで出版したが、校訂に問題があるため現在は全集（ノースウェスタン・ニューベリ版）に収められた「日記」が定本となっている。しかしこのテキストは著しくオールソンの使用したものと異なるので、本書では編集方針こそ違うが綿密な校訂を施し、しかもウィーヴァー本とは文章の配列の仕方こそ大きく異なる点があるが、メルヴィルの癖のある筆跡の判読の結果と言う点では違わない上に他の読み方の可能性をも注記したハワード・フォースフォード（上記の全集版の編者でもある）編『ヨーロッパおよびレヴァント紀行』に主として依拠して、同書の中からオールソンが記した文章にできるだけ近い箇所を訳している。いずれの版によるにしろ、オールソンはかなり恣意的に日記のさまざまな部分を拾ってつなぎ合わせている。
（一〇〇）ハーヴァード大学の心理学教授でありメルヴィル研究者としても『ピエール』の優れた註解版を出したヘンリー・A・マレー（註＊二参照）とオールソンとは協力してメルヴィル家に残された書簡を調べ、メルヴィルの父アラン（一七八二―一八三二）は一六歳の時に非嫡出の娘アン（一七九八―一八六九）をマーサ・ベントと言う女性との間にもうけたと考えた。この事実をメルヴィル自身が知っていたとすれば、『ピエール』の主人公が父の非嫡出の娘と名のるイザベルの存在に心を悩ますところにその事実が投影されていると考えられる。ただしもっとも新しく信頼できるハーシェル・パーカーの『メルヴィル伝上巻』（一九九六）はその推測にたいして否定的である。なおアランは貿易商であったが、一八三二年に高熱のために譫妄状態に陥り、二万六千ドルの借財を残してなくなった。この金額は処女作『タイピー』から『白鯨』までのメルヴィルの印税の推定総額が八千ドルであるのと比べるといかに巨額であるかが分かろう。またメルヴィルが恥をもち帰ったと言うのは、南海の原住民を「気高い野蛮人」として賞賛する一方で、宣教師たちの行状を激しい言葉で非難し物議をかもしたことなどをさしている。

（一〇一）初期の英国劇で無言の仕草のみの短い劇が、その後に演じられる劇の内容を予告するものとして演じられた。『ハムレット』の劇中劇にその痕跡が見られる。

（一〇二）クリミア戦争（一八五三―五六）への言及。

（一〇三）一六九二年マサチューセッツのセイレムで起きた魔女裁判の事件。男女あわせて一四九人が悪魔の手先として投獄され、一九人が処刑された。コットン・マザー（一六六三―一七二八）は、博学で知られた牧師。魔女裁判に関して『見えざる世界の驚異について』（一六九三）を書いている。この事件が収まった翌一六九三年マーガレット・ルールという女性が魔女に悩まされていると訴えたときにも、マザーが事実かどうかを調査し詳しい記録を日記に記している。

(一〇四) ベアトリーチェ・チェンチ(一五七七―九九)は、父に犯されたため父を殺して処刑されたと伝えられるイタリアの少女。グィード・レニが彼女を描いたものだとうじ信じられていた名画を通じて、多くのロマン派の作家の想像力をかき立てた。『ピエール』でもベアトリーチェの肖像画の模写が象徴的な小道具として用いられている。

(一〇五) ギリシャ神話。神々に反抗した巨人の一人で、エトナ火山の下敷きにされた。『ピエール』(二五・四)では象徴的な意味をこめて用いられている。一二四ページ参照。

(一〇六) イエスが病人を治した池。新約聖書「ヨハネによる福音書」(五・二)参照。なお日記一八五七年一月二六日を見ると、「ベトザダの池のごみ」とある。オールソンが「ごみ(rubbish)」を「荒石(rubble)」と誤読したもの。

(一〇七) アメリカの女流詩人(一八三〇―八六)。引用は前後とも彼女のサミュエル・ボウルズ宛一八六一―六二年頃の手紙から。なお次の『クラレル』からの引用の一行目「この人を見よ」は茨の冠をかぶったキリストを指してピラトがユダヤ人に言った言葉である。(「ヨハネによる福音書」一九・五)

(一〇八) アイルランドの詩人(一八六五―一九三九)。引用は『自伝』より。ただし引用符をつけて用いられている。

(一〇九) 創世記に出てくる人類の始祖。これに対してキリストを第二のアダムと言う。なおこの文章から二つ目の段落の「われはこの世を憎む」を三段論法と呼んでいることに関しては、「ヨハネ第一の書」二・一五—一七の以下の言葉を参照。「世も世にあるものも愛してはいけません。世を愛する人がいれば、御父への愛はその人の内にありません。なぜなら、すべて世にあるもの・・・は御父から出ないで、世から出るからです。」

＊六　この詩は一八五六年の聖地旅行中の事件に基づくもので、「ピクニックのあとで」と題され「心を脅かす愛《アモール》」に語りかける形をとっている。

女性の姿を奇妙な形で反映している箇所がもう一つある。一八五五—五六年にメルヴィルが読んだ「ドン・キホーテ」第二部三二章の

これまでしばしばくり返してきた上に、今もまたことあらためて申すのだが、崇めるべき女性をもたぬ遍歴の騎士なぞ、葉のない木、セメントのない建物、実体のない影のようなものだ。

という文に、メルヴィルがした同書で唯一の書きこみである。

あるいは、孔子の言葉を借りて、「主人を喪くした狗」、それとも、セルバンテスや孔子

の比喩は捨てて――神をもたぬ神のごとき心。

（一一〇）詩集『ティモウレオン』所収の一五〇行あまりの長詩の一節。天文学に一身をささげてきたウラニアという女性の独白の形で生（性）の衝動と学問・芸術の二律背反を扱い、性の欲望を告白する。引用の三行は、プラトンの『饗宴』でアリストパネスの語る神話への言及。それによると、太古人間は手脚が四本、顔が二つの球状であったが、神々に反逆したため、二つに切断され、今日のような人体となった。かつての全き存在状態への憧れが自分の半身であった異性（乃至は同性）への愛なのだと言う。次の『クラレル』からの引用でオールソンが仄めかしているのは、如上の神話で説明されている男同志の愛のことであろう。なお「いかなる宇宙の戯れ云々」の引用の直前の「麦わらの王冠」という一行も、同じく「ピクニックの後で」からの引用。

＊七　両者とも、あのチョロ・インディアンの寡婦とおなじく、『ピエール』出版後メルヴィルが力の源泉である太平洋に回帰していた一八五三年から五五年にかけての短い一時期、彼のつかんだ最後のチャンスから生まれたものである。今、最後のと書いた。というのも、われわれにとっては、『ビリー・バッド』の賞嘆すべき点は、主として技巧の問題だからだ。人間というものは失敗するものだ。

（一一一）ここはオールソンが自分の言いたい趣旨にあわせて無理な引用をしている。詩では「アダムとイヴがひそかに隠していたframe（精神）をあばき出す」（四七―四八）という表現の近くには「欲望」という言葉は出てこない。「欲望」が用いられている場合にはframeも「肉体」の意味になるが。なお次の「ソドムの湖」について。この詩の第二部三六篇全体がソドムを舞台にしている。

（一一二）これはオールソンの誤解のように思える。チェリオの手記に「第二のおのれを見いだした」（一・一九・二七）のはクラレルである。

（一一三）メルヴィルは一八七〇年に入手したバルザックの『ウージェニー・グランデ』に六〇箇所あまりも書きこみをしているが、グランデ老人の吃音のさまに興味を示しているという事実も、オールソンの説を支持しているように思われる。もちろんグランデ老人の吃りは故意のものではあるが。

（一一四）シェイクスピアは言うまでもないが、マーロウ、ベン・ジョンソンなどの劇、さらにやや広い意味でのエリザベス朝人と言えるリチャード・バートン、トマス・ブラウンなどの随筆を彼は愛読していた。次のモーリス・ド・ゲラン（一八一〇―三九）はフランスの詩人。メルヴィルはイギリスの批評家マシュー・アーノルドの『批評論集』所収のゲラン論を読み、そこに引用されている言葉に感想を書き加えている。なお引用はゲランの『日記』から。

（一一五）その後一冊発見され現在では三冊残されている。註九九参照。

（一一六）日蝕・月蝕などの「蝕」の意味か、船名か不詳。同名の船は一九世紀に何隻かあった。丸括弧内の字はメルヴィルの省略をオールソンが補ったもの。

（一一七）この部分を執筆当時のオールソンの妻。次のボイオーチアーはギリシャの一部。グラウコスはギリシャ神話中の人物。

（一一八）ホーソーン宛の手紙一八五一年六月一日頃。

（一一九）テキサス州北部、ニュー・メキシコ州とオクラホマ州とに接する地域。

（一二〇）ギリシャ神話の名工匠。王のためクレタ島に迷宮を作ったが、かえってそこに閉じこめられたため、人工の翼を発明し、息子イーカロスとともに脱出する。彼は後にしばしば芸術家の象徴として用いられた。画家ダヴィンチは飛行機の発明を志した。

（一二一）ギリシャ神話の巨人。体が大地についている間は無敵の力をもっていた。

（一二二）プラトンが書き残している伝説上の島。ジブラルタル海峡の西方にあり高い文明を誇っていたが、地震と洪水のため一昼夜で海中に没したという。

（一二三）この通りの文章はない。三章に「いかなる百姓が、おれはアルフレッド大王の子孫ではないと言い切れるだろうか？　いかなる馬鹿者もホメロスの子孫ではないと言えよう？　ノア王が――彼に神のご加護がありますように！　――われわれすべての父なのだ」とある。なお直前の引用の出典は註（八三）で言及した『古代芸術と祭祀』（三章）。

（一二四）オールソンの引用では括弧の中が省かれている。

（一二五）二人ともアメリカの探検家。エドワード・ファニングは『南海の航海と発見　一七九二―一八三二』の著者でファニング島の発見者。アマサ・デラノウは『北半球および南半球の航海と旅行』（一八七一）の著者で、メルヴィルの短編「ベニート・セレーノ」はこの本に素材をあおいでいる。次のウィルクス（一七九八―一八七七）はアメリカの将軍。アメリカ政府の派遣した探検隊の指揮をとり、南米沿岸、南太平洋、南極海などを調査。その記録『アメリカ政府による探検旅行一八三八―四二』は『白鯨』にも素材を提供している。

（一二六）ギリシャの哲学者・天文学者（前六一〇？―五七四）

（一二七）ジブラルタル海峡の両岸にそびえ立つ二つの岩山。

（一二八）「天堂篇」二二「私は振り向いて・・・地球を見たのだが、その見るも小さな、哀れなさまに・・・」への言及だと思われるが、ヘラクレスの柱という語はない。

（一二九）ギリシャのネオ・プラトニズムの哲学者（二三二？―三〇四）。彼の「イメージ論」への言及。

（一三〇）ギリシャ神話の神。海神に仕える老人で変幻自在の姿と予言の能力をもつ。アポローンの子で養蜂の神アリスタエウスが罪を犯した罰として蜂をすべて殺されたときに、ふたたび蜂を集める術を彼に問うた。

ハーマン・メルヴィル略年譜

一八一九年八月一日　ニューヨーク市に生まれる。八人きょうだいのうち三番目。父アラン（三七歳）はスコットランド系で貿易商。母マライア（二八歳。旧姓ガンズヴォート）はオランダ系。両家の祖父はともに独立戦争の時に活躍した人物。メルヴィルは後年民主党の支持者でありながら名門意識をもった人物になる。カルヴィニズム系のオランダ改革派教会に属していた。

一八三〇年　父の店が経営不振となり、ニューヨーク州のオールバニーに移転。ここで毛皮商を始める。

一八三二年　父は再度の経営不振から病気のため精神錯乱を起こし死亡。後に莫大な借金が残った。父に見捨てられたという感じを抱いたのであろうか、メルヴィルの作品には、孤児・棄て児のイメージがくりかえし用いられることになる。長兄ガンズ

一八三九年

ヴォートとともに、通っていた学校を中退。兄は父の仕事を引き継ぎ、メルヴィルは銀行に就職。三五年には銀行を辞め、兄の店を手伝ったり、マサチューセッツ州のピッツフィールド近くの村の小学校を教えたりと、三七年から始まった大不況のあおりを受けて不安定な生活を送る。

六月リヴァプール行きの貨物船セント・ローレンス号に乗り組む。船は同地に約一箇月停泊。イギリス社会の一端をかいま見る。この体験が『レッドバーン』に利用されている。

一〇月帰国。思わしい仕事はない。

一八四一年

一月捕鯨船アクーシュニット号に乗り組む。船はガラパゴス諸島の一つに碇泊。荒涼たる不毛の地に強い印象を受けると同時に元来もっていた進化論への関心を深めたと思われる。進化論は神の存在を否定する一面をもっている。

一八四二年

船はマーケサス諸島に着き、メルヴィルは友人のトービイと船を脱出。人食い人種のタイピー族にとらえられるが、歓待される。まもなくトービイは脱出。メルヴィル自身も四週間ほどで、寄航したオーストラリアの捕鯨船ルーシー・アン号に乗りこみ脱出する。この体験が処女作『タイピー』の素材となっただけでなく、彼の西欧文明に否定的で未開の文明を賛美する姿勢につながる。

　タヒチ島沖で水夫たちが叛乱を起こしメルヴィルも加わったため英領事館に収容される。仲間の一人と脱走して南海を放浪。一一月アメリカの捕鯨船チャールズ・アンド・ヘンリ号に乗る。

一八四三年　ハワイに着く。ハワイでも放浪生活。この当時の冒険が第二作『オムー』の素材となった。八月アメリカの軍艦ユナイテッド・ステーツ号に乗り組む。この軍艦体験が『白ジャケツ』に利用される。

一八四四年　一〇月帰国。

一八四六年　イギリスの出版社が旅行記叢書の一冊として『タイピー』出

版。未知の土地の旅行記として半ば以上信じられ、ベストセラーになる。（国際版権法に加入していなかった当時のアメリカでは、まず英国の出版社から出し、次にアメリカで出版するのが通例であり、『白鯨』までのメルヴィルの小説も例外ではない。）　オールソンは西欧文明批判という面でメルヴィルのこうした作品にも共鳴していたと思われる。

一八四七年　『オムー』出版。亡父の友人で当時マサチューセッツ州最高裁判事レミュエル・ショーの長女エリザベス（一八二二―一九〇六）と結婚。

一八四九年　長男マルカム誕生。『ガリヴァー旅行記』に似た島巡りの物語に二人の女性を絡めた『マーディ』を出版したが不評。引き続いて『レッドバーン』を出版。次作『白ジャケツ』出版の交渉のために一〇月渡英、足をのばしてパリなどヨーロッパのいくつかの都市を訪れて翌年二月帰国。

一八五〇年　『白ジャケツ』出版。二月頃から『白鯨』の執筆にとりかかる。八月五日、付近に住む主に民主党系の文学者のピクニックではじめてホーソーンと出会い、以後メルヴィルは彼に強い友情を示し、あまり人づきあいの良くないホーソーンもそれに応えた。メルヴィルは文芸誌『リテラリ・ワールド』八月一七日、二四日号に「ホーソーンとその『苔』」を発表。註二八参照。九月マサチューセッツ州ピッツフィールドの農家を買いアローヘッドと名づけ、ニューヨークから移転。

一八五一年　ホーソーンとの親交続く。『白鯨』出版。あまり好評ではなかったが売れ行きはそれほど悪くなかった。次男スタンウィックス誕生。

一八五二年　『ピエール』出版。まったく不評。一つには民主党系の文学者たちのグループ「ヤング・アメリカ」に対する風刺が含まれていたために彼らの支持をえられなかったこと。一つにはあまりにも哲学的な内容であったことが不評の原因にあげられる。

一八五三年　ホーソーンは、大統領に就任した親友ピアスのおかげでリヴァプールの領事になる。メルヴィルをペリー訪日艦隊の記録係に推薦したりしたが徒労に終わった。長女エリザベス誕生。短編「書記バートルビー」などを雑誌に発表。メルヴィルの著書の出版社ハーパーズ火災のためにメルヴィルの在庫書籍焼失。

一八五四年　短編を雑誌に寄稿。長編『イズラエル・ポッター』を雑誌に連載し始める。ただしこれはポッター自身の手記を利用したもの。

一八五五年　次女フランセス誕生。『イズラエル・ポッター』出版。短編を雑誌に寄稿。

一八五六年　短編を雑誌に寄稿。「バートルビー」「魔の群島《エンカーンターダス》」「ベニート・セレーノ」などの傑作を含む短編集『ピアザ物語』を出版。一〇月岳父レミュエル・ショーからの借財でヨーロッパ旅行。英国でホーソーンと再会。ジブラルタル海峡を通りコンスタンティノープル、カイロなどを訪れる。

一八五七年　パレスチナを経てエルサレムに赴く。十日あまり滞在したのちイタリアを訪れる。ローマにはほぼ一箇月滞在。この時の体験が長編詩『クラレル』の素材となる。五月帰国。「ローマの彫像」などの題で講演旅行。『信用詐欺師』出版。

一八五八年　講演旅行。成功したとは言いがたい。

一八五九年　散文の筆を折り詩作を始める。

一八六〇年　再度「健康のため」弟トマスが船長をしている帆船でサンフランシスコを訪れる。ホーン岬をまわる四箇月余りの船旅の後、サンフランシスコには一週間滞在しただけでニューヨークにもどる。この年までに岳父ショーは、おそらく死期の近いのを悟り、娘のことをおもんばかったのであろう。旅行費は別としても一万ドルあまりの金をメルヴィルに融通していたが、その貸し金は事実上の贈与とし、ひきかえにアローヘッドの所有権をメルヴィルから引き継ぐがそれは娘エリザベスに贈与した。

一八六一年　南北戦争勃発。この頃官職をえようと運動したが失敗。

一八六三年　アローヘッドを弟アランに譲り、ニューヨーク市の下町にある弟の家を買って転居。以後終生ここに住む。

一八六四年　前線を訪ねたいと思いワシントンを経てヴァージニアに向かうがまもなく体調を崩し帰郷。ホーソーンが急死する。

一八六五年　南北戦争終結。メルヴィルは南北戦争を主題とする詩を書き続ける。

一八六六年　『戦争詩集』刊行。しかし五百部たらずしか売れなかった。一二月ニューヨークの税関検査官に任命され一日四ドルの給与で以後六六歳まで実直に勤める。

一八六七年　長男マルカムがピストル暴発により死亡。自死と言われている。

一八七五年　数年前から取りかかっていた『クラレル』執筆に没頭。

一八七六年　一万八千行あまりの長篇詩『クラレル』を出版。これは長編英詩の代表的なものであるチョーサーの『カンタベリー物語』やミルトンの『失楽園』よりも長いものである。部分的には忘れがたい美しい箇所があり、魅力的な人物も出てくるがやはり冗漫である。

一八八二年　長女フランセスの娘エリナー誕生。註＊二のエリナー・メルヴィル・メットカーフである。

一八八五年　妻エリザベスの継母が死去。その遺産の一部が贈られたこともあって八五年いっぱいで税関を辞職。

一八八六年　次男スタンウィックス、サンフランシスコで病死。

一八八八年　バーミューダ諸島に旅行。フロリダを経て帰国。この時求めたという奇妙な猿の頭のついたステッキなどを見ても、メルヴィルは常に懐疑の淵に沈んで悩んでいたのではない、むしろおおらかな笑い（『白鯨』にも出てくるものである）を忘れなかったと言える。詩集『ジョン・マーと他の水夫たち』の限定版を私費出版。

一八九一年

詩集『ティモウレオン』私費出版。註五〇参照。

九月二八日心臓拡張症と老衰のため死去。テキストの上で様々な問題をはらむ中編『ビリー・バッド』が未刊行の詩稿とともに残された。

後記

本書はCharles Olson（一九一〇―七〇）の評論*Call me Ishmael*（一九四七）の翻訳である。オールソンは二〇世紀後半のアメリカの詩壇においてはもっとも重要な一人にかぞえられているが、残念ながら日本ではつい最近まで、一般の読書人にはほとんど知られていなかった。ただ喜ばしいことに代表作である連作長編詩『マクシマス』の平野順雄氏によるいきとどいた註のつけられた翻訳が、一昨年南雲堂から出版されたので、話題にはなったと思うが。そこで辞典風に簡単に、しかし本書を執筆した前後だけはやや詳しく、紹介しておこう。

マサチューセッツ州ウースターに生まれたが、少年時代から同州の漁港グロースターで夏を過ごすようになる。海に関心をもったのも当然のことであろう。一七歳の時父に『白鯨』を買って貰ったという。今ならば『白鯨』を一七歳までに手にしないアメリカ人はいないだろうが。（しかし読了する者は何人いるだろうか。）

ここで『白鯨』の粗筋を記しておくほうが良いかも知れない。モウビ・ディックというあだ名で恐れられている巨大な白鯨に戦いを挑み片脚をかみ切られた捕鯨船の船長エイハブが、ピークオッド号に乗り復讐の航海に出る。そして大西洋からインド洋、太平洋を経て赤道近くでようやくめざす仇敵に遭遇する。三日間の死闘の末、銛を目指す相手に命中させるが、銛綱が彼に巻きつき海底に沈む。捕鯨船も鯨に穴を開けられて水中に沈む。このような事件を、乗り組みの中でただ一人生き残ったイシュメイルと名のる青年が語るのだが、物語の間に筋とは関係のない鯨学、鯨についての神話などのエピソードをおりこんでいる。――オールソンが本書の中で「事実」と称する章を随所に挟むのはこの作品に対応した形式をとるというのが一つの狙いであったと思われる。――その他に聖書・シェイクスピア・ファウスト伝説などを巧みに利用して読者の連想を豊かなものにしており、モウビ・ディックが何を象徴しているのかという問題をはじめ、実に多様な解釈をゆるす作品である。

話をオールソン少年の読書体験に戻せば、一九二〇年代初頭までごく一部の識者以外にはほとんど忘れられていたメルヴィルの最初の本格的な評伝、レイモンド・ウィーヴァー『ハーマン・メルヴィル　航海者にして神秘主義者』が出版されたのが彼の一一歳の時、全集が完結して再評価が始まったのが一二歳の時なのだから、オールソンの父は慧眼であった。ウェズリアン大学、同大学修士課程を卒業。修士論文は「散文作家・詩的思索者ハーマン・メルヴィルの成長」（一九三二）。この論文を目にしていないから確言はできないが、タイトルをみても、『わが名はイシュメイル』の構想がうかがえるようである。ふつうならばメルヴィルを散文作家とは呼ばずに小説家と書くはずのところをあえて散文作家としたのは、おそらく『白鯨』以外に日記を念頭においていたからではないかと推察できるから。ウィーヴァー編の日記『ジブラルタル海峡を通って』（一九三五）刊行より以前の執筆ではあったが。経済学・法学研究助成という名目のスカラーシップをえて三四年ハーヴァード大学大学院に進み、名著『アメリカン・ルネッサンス』の著者F・O・マシーセンの指導を受けるが、博士論文を書かずに中退。と言うよりもこの頃から彼自身の註にも記してあるように、メルヴィルの孫娘エリナー・メルヴィル・メットカーフをまず訪問し、手元に残されたメルヴィルの蔵書を見せて貰い、さらに彼の没後家族が手放した蔵書——の中にはこの本で論じている七巻からなるシェイクスピア全集や、ホーソーンの作品などの重要なものが含まれている——の所在をつきとめて、彼が蔵書に書き込んだものを解読した。余談になるがこれらの本は最終的にはハーヴァード大学ホートン・ライブラリーに落ち着くことになる。こうした一次資料の探索に懸命だったために、博士論文どころの騒ぎではなかったのかも知れない。

三五年には父を亡くした。巻頭にエピグラフとしておかれた詩は、メルヴィル研究に自分が進むきっかけを作ってくれた父に捧げられたものである。オールソン所蔵の本には、詩の反対のページに父の写真が貼りつけてあった。しかしこの詩はまた、おそらくは少年時代に父を失ったメルヴィルの心情を代弁したものでもあるし、父なる神を求めるメルヴィルの気持ちをもうたったものでもあると訳者は考える。

三七年ハーヴァード大学のチューターになる。そしてマシーセンに提出した長いレポートの一部が、三八年には、前々年から親交がはじまっていた十歳年長の作家エドワード・ダールバーグにより「『リア王』と『白鯨』」のタイトルで雑誌『トゥワイス・ア・イヤー』に掲載された。進歩主義的芸術写真家・文筆家の女性ドロシー・ノーマン（一九〇五―九七）が編集していた革新的文芸誌である。やがて第二次大戦が始まり、オールソンも政府の様々な官職につくが、戦争末期には政治の世界をはなれ、文筆に専念する決意を固める。四八年からはノースカロライナ州の実験的芸術大学ブラック・マウンテン・カレッジ（一九三三―五六）で教え、中心人物となる。学生数減少などの理由で経済的に立ちゆかなくなり閉校するときには後始末をした。同校は、学生が自由に自分の研究のプログラムを組み、リベラル・アーツを学ぶ場であり、時期こそちがえ作曲家ジョン・ケージ（一九一二―九二）、画家デ・クーニング（一九〇四―九七）、ベン・シャーン（一九九八―一九六九、第五福竜丸の絵を描いたことで我が国でも記憶されている）、舞踊家マース・カニングハム（一九一九―二〇〇九）など多彩な人材が教師陣に加わった異色のカレッジであった。

その頃から執筆し始めた『マクシマス』（一九五三―七五、死後に一冊にまとめられた）の他に、主要な作品としては詩『メルヴィルのための手紙　一九五一年』（五一）、詩論「投射詩論」（五〇）、マヤ文明の調査から独自の文明論を展開した『マヤからの手紙』（五三）、評論集『人間の宇宙』（六五）、舞踏劇や仮面劇を収めた『激しい追跡』（死後七七年に一冊にまとめられた。これも『白鯨』からとったタイトルである）などがある。

オールソンはいろいろな意味で巨人であった。身長は義妹の証言によると六フィート七インチ（約二メートル六センチ）、朗々たる声、会う者の多くを惹きつけるカリスマ的な人柄。そして神話・文化人類学・経済学から物理学にまで及ぶ広い知的関心、メルヴィルの蔵書の所在を短時間で探し出す行動力、独自の文明論。

　彼の詩論は、活字のみに頼る詩を「閉じた詩」として否定し、「詩とは、その詩自体を媒体として伝えられるエネルギーにほかならない」と規定する。そして耳に訴える呼気（ブレス）を重視し、西欧的な自我からの解脱、自己と対象物の融合をめざす「開かれた詩」を主張するものであった。こうした理論の言わば系として空間・エネルギー・質量などを重要視するのだが、その背後には巨大な体躯をもった彼自身の個人的体験があるような気がするのは、訳者だけであろうか。

　この評論もとうぜん朗読することを前提として書かれている。そのための楽譜のようなものなのだ。例えば先に触れた巻頭の詩の「チチ」は‘fahter’とオールソン独自の表記で記されている。これはおそらくfaの音を強調して長く読ませるためであろう。thがhtに代えられている理由は分からないが。また空白のページがある。前後が一行空いている文章がある。これらはおそらく休止符にあたるものか。原書ではこの訳書よりもっと空白の部分――例えば行間を大きくとった箇所が――多いのだが、印刷上の都合でかなり削ってある。

また大文字でしかもボールドの活字だけで綴られている単語、イタリックスになっている単語が頻出する。これも声を出して読むときの指示であり、ボールドにもっとも強調がおかれ、イタリックスはそれに次ぐ強調を示しているのであろう。翻訳のさいは前者をゴチック体で、後者を［］という記号で囲んで示した。他の箇所では「引用」という指示を用いていないのに、三七ページでだけは用いているのも、教師が講義のさいに用いる言葉をことさらに使うことにより、口調を変えて読むことによるある種の効果を狙っているものと考える。

一一ページでは、「わが名はイシュメイル」という『白鯨』冒頭の言葉を章のタイトルと読み、そこでいったん間をおけば次の「私は、フォルサム洞窟人以来・・・」の「私」はオールソンのことになるが、間をおかずに読めばオールソンがイシュメイルと名のり、彼の代弁者として語っているという解釈も可能となる。その決定は読者にゆだねられている。

目次と実際の章のタイトルも食い違っている箇所がある。訳者にはその理由がはっきりとは分からないのだが、おそらくそのことに気づいた読者に、読むことをいったん中止させ、それまでの章のタイトルを確認することにより、書かれていたことを想起させるための手段ではないだろうか。たんたんと読み進めていくと、論理のつながりの糸を見失いかねない文章の流れになっている評論だから。しかし実は考えぬかれた構成なのだ。白色人種の残忍さをまず提示する。(読者が忘れかけた頃に念入りに「血の掟の書」という短章を挿入する。)次にアメリカ独自の空間の広大さに読者の注意を呼ぶ。これは広大な太平洋を乗りまわっていたのに、晩年は大西洋の男になってしまうメルヴィルの悲劇を強調するためである。続いて捕鯨業を、一九世紀半ばにあっては西欧社会にしか成立していなかった産業資本主義の一環として位置づける。メルヴィルを論じつつ、彼が民主主義の社会でシェイクスピアをいかに読んだかを橋頭堡として、彼のアメリカ文明との対決・受容の姿勢を考える。そしてさらに長い射程でキリスト教を中心に成立している西欧文明の批判を展開しているのである。メルヴィルの研究は毎年数多く出版されているが、これほど独自のものは、D・H・ロレンスが『アメリカ古典文学研究』(一九二三)に収録したメルヴィルについてのごく短いエッセイ以外には思いつかない。

以下翻訳について記す。今日では差別用語として用いるのを避けられている単語も、メルヴィルが『白鯨』を執筆した一九世紀半ばには、だれもそのようなことを意識しないで用いていたのだから、そのまま残してあることをお断りしておく。固有名詞のうちギリシャ・ローマ神話にかかわるものはできるだけ原音に忠実に表記した。聖書に関しては現在広く行われている新共同訳聖書を使用している。また『白鯨』の翻訳は、岩波文庫の阿部知二、八木敏雄両氏の手になる旧・新訳に頼った。と言うよりも、むしろ前後関係その他の理由から、どちらか訳者の気持ちに近い方の翻訳をほとんど借用した箇所が多い。シェイクスピアの訳も多くの先達、とくに斎藤勇氏の『リア王』訳（岩波文庫旧版）を借用したり参照させて頂いた。また「ピクニックの後で」に関しては志村正雄氏の精緻な解釈「'After Pleasure Party'を読む」（大橋健三郎氏編『鯨とテキスト』（国書刊行会　一九八三）に、『クラレル』は須山静夫氏のすばらしい訳業（一九九九　南雲堂）に教えられるところが多かった。心からお礼を申し上げる。また『神曲』の訳は平川祐弘氏訳（河出書房　一九六六）、『ドン・キホーテ』は会田由氏訳（筑摩書房　一九七二）を使用したが、全体の統一のために文字遣いを改めた箇所がある。ここに記して訳者にお礼とお詫びとを申し上げる。また物理学に触れた箇所は明治大学教授島田徳三氏に閲読して頂き、オールソンの言葉遣いは不束だが、彼の理解しているところは正確であることを確認して頂いた。また志村正雄氏にはいつも暖かく励まして頂いた。氏の激励がなかったらこの翻訳は完成しなかったであろう。

卒業論文でメルヴィルについて考えているとき、西川正身先生に紹介されて読んだのだが、それから茫々半世紀あまりがたった。その間に部分訳を雑誌『ユリイカ』(青土社　一九七七年四月号)と『鯨とテキスト』(国書刊行会　一九八三)に発表したが、今回は旧訳の部分には大幅に手を加えた。旧訳の利用を快く許可された両出版社に感謝する。

翻訳の底本には学生時代に読んだシティ・ライツ社版(一九四七)を使用したが、オールソンの文章には詩人独自の文法を無視した飛躍がある上に、序詩の 'fahter' のように、著者の意図的なものかミスプリントか判断に苦しむ箇所があり、翻訳に難渋した。ドナルド・アレン、ベンジャミン・フリードランダー編『チャールズ・オールソン全散文集』(カリフォルニア大学出版局　一九九七)を参照したが、どうやら本書に関してはほとんど校訂が行われていないとおぼしく、テキストにはあまり変更が見られない。ただしこの本には間違いも多いがある程度詳しい註がつけられており、引用の出典などを調べる上で助けられた。モーリス・ビアブロックによる仏訳(ガリ

マール社　一九六二）は、訳者と解釈の違う箇所も多々あるが、大いに参考になった。さらにアン・チャーターズ『オールソン／メルヴィル　親近性の研究』（オウイエス　一九六八）には直接オールソンに会って『わが名はイシュマエル』について問いただしている箇所もあり、いろいろと教えられるところが多かった。しかしこうした研究書も註もないままに二〇歳の学生が読んでも大きな衝撃を受けたことを想起すると、読者も細部にこだわらず、場合によっては註もいっさい無視して読まれても、得るものは大きいと確信している。

昨年四月交通事故のために三九歳の若さで急逝した長男聡一郎に、この翻訳を捧げたい。彼は刑法学者として研究に没頭し、ドイツでも高い評価をうける業績を残す一方で、早稲田大学教授として学生の指導も手を抜かず、多忙な毎日を送っていたが、国際会議の合間などに訳者の書いたものをかならず丁寧に読み、暖かく、厳しく批評してくれた。

最後になってしまったが、文学書の出版が困難な状況の中で出版を快く引きうけて下さっただけでなく、息子をなくした悲しみのために、一年あまりも校正に時間をとってしまったにもかかわらず、辛抱強く訳者を励ましながら遅延を許して下さった開文社社長の安居洋一氏に心から御礼を申し上げる。

訳者紹介

島田　太郎（しまだ　たろう）

1937年東京に生まれる。東京大学大学院博士課程満期退学。東京大学・昭和女子大学名誉教授。

共著に『小説　II』『隠された意匠』『緋文字の断層』『女性文化と文学』『視覚のアメリカン・ルネサンス』など。

翻訳に『罠におちた男』、『大理石の牧神』（共訳）『H. D. ソロー』(共訳)など。

わが名はイシュメイル　（検印廃止）

2014年4月12日　初版発行

著　者　チャールズ・オールソン
訳　者　島田太郎
発行者　安居洋一
印刷・製本　モリモト印刷

〒162-0065　東京都新宿区住吉町8-9
発行所　開文社出版株式会社
TEL 03-3358-6288・FAX 03-3358-6287
www.kaibunsha.co.jp

ISBN 978-4-87571-077-6　C3098